人的失格

人間失格

［日］太宰治 著　林少华 译

青岛出版集团｜青岛出版社

太宰治："无赖"中的真诚（译序）

倘以三驾马车打比方，日本近代文学的三驾马车应是夏目漱石、森鸥外和芥川龙之介；日本现代文学的三驾马车则非此三人莫属：川端康成、三岛由纪夫和太宰治。令人沉思的是，六人中有四人死于自杀。尤其后"三驾马车"，居然集体跌入自尽深渊。太宰治于一九四八年投水自尽，年仅三十九岁；三岛由纪夫于一九七〇年剖腹自绝，正值四十五岁盛年；川端康成于一九七三年含煤气管自杀，时年七十四岁。其中太宰治从二十岁开始自杀，接连自杀五次。虽说爱与死是文学永恒的主题，但就世界范围来说，多数作家都程度不同地将作品中的爱与死同个人生活中的爱与死剥离开来。而像太宰治这样使得二者难分彼此的，无疑少而又少。在这个意义上，要想真正理解太宰治的作品，就要首先了解太宰治其人，就要进入其个人世界，尽管那是个大多时候雾霾弥天、充满凄风苦雨的世界。

太宰治，本名津岛修治。一九〇九年（明治四十二年），太宰治作为第六个男孩儿出生于青森县一个有名的大地主家庭。父亲源右卫门是当地的名士和高额纳税者，曾任贵族院议员、众议院议员。母亲体弱多病，太宰治由乳母带大。豪宅深院，家中男女佣人多达三十人，出入有带家徽的马车。不过由于当时日本实行长子继承制，他作为第六子在家里并不受重视。这使他在怀有贵族意识的同时逐渐萌生了边缘人意识和逆反心理。高中时代开始接触马克思主义，因此对自己的地主出身即剥削阶级出身产生自卑、内疚和负罪感。一九二九年服安眠药自杀未遂。翌年进入东京大学法文系，一边用家里充裕的汇款游玩享受，一边用来资助处于非法状态的日本共产党，进而参加共产主义政治运动。脱离运动后同萍水相逢的酒吧女招待投海自杀。女方溺水身亡，自己侥幸获救。其后开始同艺伎小山初代同居，但精神一蹶不振。一九三五年参加《都新闻》报社录用考试而被淘汰,自缢未果。翌年因药物中毒而住院治疗。原先信赖的长辈和朋友们视他为狂人,纷纷弃他而去。加之入院期间小山初代与人通奸,致使太宰治对人生与社会彻底绝望,深感自己已丧失做人的资格("人间失格"),和初代同时自杀未遂。

这样的人生经历相继带入他日后创作的《斜阳》和《人的失格》这两部堪称日本文学经典的中篇之中,尤以后者明显。写完《人的失格》不出一个月,太宰留下未竟之作《再见》(*Goodbye*)手稿和数通遗书,同恋慕他的山崎富荣双双跳入河中。此即第五次即最后一次自杀。日本战后"无赖派"最具代表性的天才作家就此落下人生帷幕,时为一九四八年六月十三日深夜时分,尚未步入不惑之年。虽云《再见》,而不复见矣!

《斜阳》写于作者离世前一年的一九四七年上半年。贵族出身的母亲同女儿和子原本在东京一座足够阔气的公馆里生活。战败后由于经济上难以为继,遂迁住远离东京的伊豆一栋小别墅,母女相依为命,静静度日。不久被征召入伍的弟弟直治从南洋回来,宁静的生活被打乱。直治不是在家酗酒,就是拿着变卖母亲姐姐衣服的钱去东京找一位叫上原二郎的流行作家花天酒地。和子某日在家翻阅直治写的《胡芦花日志》,得知弟弟颓废而痛苦生活的真相。母亲病逝后,和子赴京同上原相见,失望之余,被迫与之发生肉体关系。几乎与此同时,直治在伊豆家中自杀。和子决心不受任何旧道德束缚,生下上原的孩子。

日本文学评论界一般认为四个主人公身上都有太宰治本人的标记。酗酒吸毒的弟弟直治叠印出中学、大学时代即早年的作者面影;决心为"恋爱与革命"而一往情深甚至孤注一掷的姐姐和子凸显战争期间作者苦闷的精神世界;流行作家上原二郎可以说是战后作者生态的翻版;而母亲身上则隐约寄托着作者的贵族情怀和审美理想,也是作品中唯一穿过凄风苦雨的一缕温馨的夕晖,亦即"斜阳"的象征或化身。翻译当中,几次驻笔沉思:如果风暴不是来得太猛而在世界某个角落保留这样几位懂得与冬日天空相谐调的围巾色调、懂得合欢花有别于夹竹桃的独特风情和怜惜弱小生命、懂得小仲马的《茶花女》和并不反对女儿读列宁的优雅的贵族妇女,那又有什么不好呢?何必人人脚上都非沾牛屎不可呢?结果,当我们自己脚上也不再沾牛屎而回头寻找优雅的今天,优雅不见了。太宰治或许当时就已意识到了这点——尽管弟弟直治一直想逃离贵族阶级而力图成为民众的一员,而写给姐姐的遗书中最后一句却是"我是贵族"。在这个意义上,《斜阳》无疑是一个没落阶级、一种过往文化、一段已逝岁月久久低回的挽歌。自不待言,挽歌旋律中也满含着对日本战后并未因战败而有任何改变的人的自私自利、蝇营狗苟和因循守旧的悲愤与绝望之情。而这点恰恰引起了人们广泛的共鸣。作品因之风行一时,"斜阳族"成了人所共知的流行语,开"××族"表达方式之先河。

作品结构跌宕起伏而又一气流注,纵横交错而又浑融无间。笔调或温婉细腻和风细雨,或昂扬激烈浊浪排空，不愧为大家手笔。在日本有太宰文学之集大成之誉，并非溢美之词。甚至有人——例如小田切秀雄——誉之为青春文学。同时感叹"现在的青春文学在哪里？莫非是村上春树、村上龙？"（《日本文学之百年》，东京新闻出版局1993年版，P.221）。

前面已经提及，《人的失格》是太宰治死前不到一个月才写完的中篇，发表已是其身后的事了，乃太宰文学的终到站。较之《斜阳》，《人的失格》中融入的作者个人生活色彩显然浓重得多。主人公叶藏出生于日本东北地区一个大地主家庭。父亲是国会议员。叶藏从小就喜欢以搞笑或逢场作戏的方式取悦于人。赴京上高中后由于受"恶友"堀木的影响，开始吸烟酗酒和嫖妓，同时参加左翼组织的秘密聚会等活动。退出后不久同一个酒吧女招待一起跳海自杀，仅自己获救，被学校勒令退学。老家因此不再汇款。没有生活来源的叶藏沦为女记者静子和酒吧老板娘的情夫，同时靠画低俗的漫画赚取酒钱。后来同处女芳子结婚,过了一段短暂的正常生活。而芳子被一个小商人诱奸事件使他受到极大的精神伤害。喝安眠药自杀未遂后开始咯血,并为戒酒注射吗啡。毒瘾很快一发不可收拾,被送进精神病院。出院后返回乡下生活,彻底成了废人——失去做人的资格,人的失格!

如果说《斜阳》是太宰文学之"集大成",那么《人的失格》则是太宰文学的"总决算"。虽说有相当多的部分同作者本人经历相重合,但夸张和虚构成分亦不在少数。因此,这部中篇既是自传体小说又不是自传体小说——就作者生活历程或阅历来说,不是严格意义上的自传体小说;而就其心路历程或个人精神史而言,则是不折不扣的自传体小说,完全可以视为太宰自虐而扭曲的精神自画像、灵魂自白书。小说以赤裸裸的自供状手法,将主人公对于人、对于人世的疏离感、孤独感、恐惧感以至绝望感毫不掩饰地剖析出来,同时将作者对爱与真诚、对友情与信任、对自由与幸福的诉求推向极限,展示了边缘人和生活在自闭世界之人血淋淋的真实的灵魂切片。在这点上,或如日本著名文艺评论家奥野健男所说,比之陀思妥耶夫斯基的《卡拉马佐夫兄弟》《恶魔》的纵横捭阖固然遥不可及,但其深度应在《死屋手记》之上。并且断言:"这部作品是天生有某种性格之人,具有懦弱、美好、悲哀和纯粹的灵魂之人的代言者,是他们的救赎。太宰治是为创作这部《人的失格》而来到人世的文学家。他将由于这部小说而永远活在人们的心里。"(参阅新潮文库版《人的失格》解说)。在我看来,《人的失格》也好,《斜阳》也罢,至少其中有一个闪光点:真诚,颓废中的真诚!

不过平心而论,《人的失格》的主人公生活毕竟太颓废了。说起来,这部小说是去年暑期在乡下译完初稿的。纵然炎炎夏日,也觉得寒气袭人。不得不时而放下自来水笔,出门遥望白云蓝天,漫步田园花草,以便让自己"回来"。也是多少出于这种感受,一次我半开玩笑地对学生说:日本文学不宜多看,越看人越小,越内敛,缩进壳里钻不出来;俄法文学则越看人越大,越外向,令人拍案而起奋然出阵。

对了,前面提及小田切秀雄在评论太宰治时提到村上春树。记忆中村上春树也提到过太宰治。村上在《为了年轻读者的短篇小说指南》一书的前言中谈及日本小说时写道:"所谓自然主义小说或者'私小说'我是读不来的。太宰治读不来,三岛由纪夫也读不来。身体无论如何也进入不了那样的小说,感觉上好比脚插进号码不合适的鞋。"的确,村上和太宰治的"脚"或"鞋"的号码是很有区别的。最根本的区别在于:如果说村上文学意在顺应社会和自我疗伤、自我抚慰、自我提升,那么太宰治则意在反叛社会和自我批判、自我告发、自我堕落。或者换个说法,前者倾向于自尊自爱以至自恋,后者倾向于自暴自弃以至自虐。但相同点也并非没有。如二者作品的主题同样涉及疏离于社会主流的边缘人巨大的孤独感甚至自闭心理,同样表明了对战争的厌恶和对战前军国主义体制的批评(太宰治在《人的失格》中借直治之口说"日本的战争,纯属找死"。)而且,无独有偶,两人都提到鲁迅。太宰治以鲁迅仙台留学经历为基础写了长篇小说《惜别》。村上则在美国普林斯顿大学为日本文学专业研究生上课时提及鲁迅的《阿Q正传》:"在结构上,鲁迅的《阿Q正传》通过精确描写和作者本人截然不同的阿Q这一人物形象,使得鲁迅本身的痛苦和悲哀浮现出来。这种双重性赋予作品以深刻的底蕴。"并且认为鲁迅的阿Q具有"'一刀见血'的活生生的现实性"。

还有一点相同的,那就是两人作品中,死、自杀都屡见不鲜。人间诸事,生死为大。所以这里姑且偏离主旨谈几句日本人的生死观。日本传统的生死观主要源于武士道。而武士道赖以形成的渊源,除了日本本土固有的神道教,还有来自海外的佛教和儒教。佛教的禅宗哲理赋予其"生死一如"的达观,儒教为其注入厚重强烈的道德感,而奉王阳明学说为宗的日本新儒学则赋以"知行合一"的自信和果敢。其最有代表性的表述出现在被奉为武士道经典的《叶隐闻书》:"所谓武士道,就是看透死亡。

于是在两难之际,要当机立断,首先选择死。"或者莫如说,名誉高于生死。但同时强调,不惜为之一死的名誉必须是真正的名誉。日本思想家、教育家新渡户稻造在其名著《武士道》中这样写道:"真正的名誉是执行天之所命,如此而招致死亡,也决非不名誉。反之,为了回避天之所授而死去则完全是卑怯的!在托马斯·布朗爵士的奇书《医学宗教》中,有一段与我国武士道所反复教导的完全一致的话。且引述一下:'蔑视死是勇敢的行为,然而在生比死更可怕的情况下,敢于活下去才是真正的勇敢。'"

至于太宰治的选择死亡属于哪一种,这里不予置评。但这句话值得任何人记住:在生比死更可怕的情况下,敢于活下去才是真正的勇敢。

最后请允许我就翻译本身啰嗦两句。《斜阳》和《人的失格》已有若干中译本印行。尤其《人的失格》,中译本据说已不止十种。作为我,一来并非太宰治研究者,二来平日关注不多,故无意涉足太宰译事。此次率尔启笔,实为出版社的"威逼"或诚意所致,对方一再煞有介事地强调所谓林译本如何必不可缺。勉强译毕,又不揣浅薄拉拉杂杂写了这篇绝不算短的译序。林译也好林序也罢,唯愿都不至于让读者朋友过于失望才好。

林少华
二〇一五年三月十七日于窥海斋
时青岛玉兰初绽春雨如烟

开头的话

我看过三张那个男子的照片。

一张是他童年时代——或许可以这样说吧——估计十岁的照片。那个孩子被很多女人簇拥着（想必是那个孩子的姐姐们、妹妹们，加上堂表兄弟姐妹），站在庭园池畔。身穿粗格纹裤裙，脖子向左倾斜三十度左右，难看地笑着。难看？不过，迟钝的人（即对美丑无动于衷的人）即使以无所谓的表情随口夸一句"孩子蛮可爱的嘛"，也并不纯粹是恭维话——也就是说，类似通常所说的"可爱"的面影在那孩子的笑脸上也不是没有。但是，若是多多少少受过美丑训练的人，那么只看一眼，就有可能相当不悦地嘟囔一句"什么呀，讨厌的孩子！"随即像弹开毛毛虫那样将那照片一把扔开。

的的确确，那孩子的笑脸越看越让人无端觉出一种不无悚然的厌恶感。说到底,那不是笑脸。那孩子根本就没笑。证据是,他紧握双拳站着。人紧握双拳是笑不出来的。猴!猴的笑脸。脸上只是聚起丑陋的皱纹。便是这样一张很想称为小脸皱皱巴巴的"皱巴脸孩子"照片——一副有些猥琐的、让人莫名其妙地心头火起的表情。我从未见过表情如此不可思议的孩子。

第二张照片的脸,同样令人吃惊:变化太大了!学生模样。至于是高中时代的照片,还是大学时代的照片,这不清楚,反正一表人才。但奇异的是,感觉上依然不像是个活人。一身学生服,胸袋探出白手帕,架腿坐在藤椅上,仍在笑。这回的笑脸不是皱巴脸猴子的笑,而是相当精巧的微笑。但和人的笑有所不同。说血的重量也好,说生命的沉稳也好,总之全然没有这样的充实感。完全可以说,轻如羽毛一片——而不是鸟——轻如白纸一张,并且在笑。即不折不扣的人造感。说造作也不够,说轻薄也不够,说"小白脸"也不够,说时髦当然也不够。不仅如此,细细看去,这位一表人才的学生同样给人一种带有妖怪意味的恐怖感。我从未见过这么不可思议的美貌青年。

另一张照片则再奇怪不过。简直看不出年龄。头上似乎约略有了白发。在脏得不得了的房间（照片清楚照出房间墙壁有三四处墙皮剥落）的一角双手搭在小火盆上。这回没笑。什么表情也没有。看上去就好像在坐着烤火的过程中自然而然地死去——照片实在太让人反胃、太不吉利了。奇怪的此外还有。由于照片上脸照得比较大，我得以完完整整查看了面部结构：额头一般、额头皱纹一般、眉毛一般、眼睛一般，鼻嘴下巴也一般。啊，脸上不仅没有表情，连印象也没有。没有特征。比如，看这照片时我闭起眼睛。于是这张脸我就忘了。房间墙壁和小火盆可以想起，但房间主人面部的印象倏然烟消云散，无论如何也、死活也想不起来。画不成的脸。成不了漫画什么也成不了的脸。睁开眼睛。啊，原来是这样的脸，想起来了——甚至这样的欣喜也没有。用个极端说法，即使睁开眼睛再看照片也想不起来。感觉到的只是不快、焦躁，情不自禁地想转过眼睛。

即使所谓"死相",也应有某种表情或者印象才对。如果将马的脑袋安在人身上,想必就是这么一种感觉。总之,照片——哪里说不清楚——便是如此让看的人不寒而栗、心头生厌。重复一遍,我从未看过这么不可思议的男人的脸。

第一篇　手札

送走了耻辱多多的人生。

人的生活这个东西,我不知其为何物。由于生在东北乡下,第一次看见火车,已是长到很大以后的事了。自己在车站天桥上下之间,全然没有意识到那是为横跨铁路而建造的东西,一心以为那是为了把站内弄得像外国游乐场一般复杂、有趣和时髦而设置的。并且那样以为了很长时间。对自己来说,在天桥爬上爬下,莫如是一种超尘脱俗的游戏,以为那是铁道服务设施当中最乖觉的一种。而后来发现那仅仅是方便旅客过铁路的颇具实利性的阶梯,当即没了兴致。

自己还是孩子的时候,在图画书上看地铁,同样以为那不是出于实际需要而想出来的设施,而单单是一种游戏——人们觉得乘地下车比乘地面车别有情趣。

自己从小就体弱多病,常常躺着不动。躺的时间里,觉得褥单、枕套、被罩实在是多此一举的装饰。及至快二十岁时意外明白那是实用品,不由得为人的节俭黯然神伤。

还有,自己不晓得"空腹"这回事。这并不意味自己生长在衣食无忧的人家——不是那么愚蠢的意思——而是说自己根本不明白"空腹"的感觉是怎样一个东西。说来奇怪,即便肚子瘪了,自己也觉察不到。从小学到中学,放学回来,周围人都问自己肚子饿了吧?说他们本身也有那样的体验,放学回来时饿得要死要活,就问甜纳豆怎么样?蛋糕、面包也有,如此七嘴八舌。于是自己发挥与生俱来的讨好精神,嘟囔说肚子饿了,往嘴里扔了十多粒甜纳豆。至于空腹感是怎么回事,却完全稀里糊涂。

自己当然也很能吃,但几乎没有过因空腹而吃东西的记忆。吃大约稀罕的东西,吃似乎奢侈的东西。外出时人家端上来的东西,哪怕很勉强也大体吃下去。对于小时候的自己来说,最痛苦的时刻,就是自家吃饭时间。

乡下自己家里，十多个人一共分坐两排，面对各自的饭菜。最小的自己自然坐在最后的下座。吃饭的房间黑乎乎的。午饭时间里十几个家人不声不响一味吞食的场景，总让自己不寒而栗。加之是乡间旧式家庭，菜也基本千篇一律，稀罕物、奢侈物之类根本指望不得，使得自己更怕吃饭时间了。在那昏暗房间的末座，自己以冻得浑身发抖的感觉一点一点把饭端起塞进口腔。人为什么要一次不少地一天吃三次呢？吃得那么一本正经，俨然一种仪式——全家一天三次定时聚在昏暗的房间里，齐刷刷摆好饭菜，即使不想吃也默默咀嚼不止。莫非是低头向家中活动的神灵们祈祷不成？我甚至这样想道。

不吃就死这句话，在我听来不过是吓唬人罢了。可是，那种迷信（至今我仍然觉得那是一种什么迷信）又总是给自己以不安和恐惧。因为不吃就死，所以人们必须为此劳作、吃饭。对于自己，再没有比这一说法更晦涩难懂、更带有威胁意味的了。

这似乎意味着，自己至今也全然没弄明白人的营生是怎样一个东西。自己的幸福观念和世上所有人的幸福观念截然不同——这让我不安，甚至为这种不安夜夜辗转反侧、呻吟，险些发狂。自己果真是幸福的吗？从小就时不时被人说是幸福者。可我总觉得身陷地狱。在我眼里，反倒是说自己幸福的人开心得多，自己根本比不上。

我甚至心想，假如有十个块状灾难，邻人哪怕背起一个，那一个怕也足以要邻人的命。

也就是说，我不懂。完全不懂邻人痛苦的性质、程度。现实性痛苦、只要有得吃即可解除的痛苦。然而或许那才是最剧烈的痛苦、足以轻松抵消自己所举十个灾难的凄惨的阿鼻地狱。这个我不懂。尽管如此，他们居然不自杀，不发狂，不绝望，还谈论政党，不屈不挠地继续生活的战斗——这岂不并不痛苦吗？岂不彻底成为利己主义者且视之为理所当然、从未怀疑过自己吗？既然这样，理应快乐。可是，人这东西恐怕又不完全满足于此，无一例外。不懂……想必夜里呼呼大睡，早上神清气爽。做的是怎样的梦呢？走路思考什么呢？钱？不至于只想钱吧？人是为吃而活着这一说法倒是好像听过，但为钱而活着这句话则闻所未闻。不，不过，说不定……不，这也不懂……越想越糊涂。只落得自己一人遭受完全与众不同的不安与恐怖。几乎没办法和邻人交谈，不知说什么好。

于是心生一计：逢场作戏。

那是自己对人最后的求爱。虽然我怕人怕到极点，但又怎么都不能放弃。这样，逢场作戏这条线就将自己和人勉强联系起来。表面上我总是做出笑脸，而内心却历尽千难万险做着汗流浃背的讨好努力，正可谓一发千钧。

从小就连家人也全然琢磨不透，不知道他们经受怎样的痛苦、思考怎样的事。而仅仅对其郁郁寡欢感到忍无可忍。那时我就成了逢场作戏的高手。就是说，不知不觉之间，自己成了一句实话也不说的孩子。

看那时和家人一起照的相片什么的，别人都满脸正经的表情，只有自己一人必定奇妙地扭歪着脸笑。这也是自己逢场作戏的一种，幼稚、悲怆。

还有，骨肉至亲说什么的时候，我从未还过嘴。对于一句微乎其微的抱怨，自己也觉得强如晴天霹雳，几乎为之发疯。休说还嘴，甚至以为那句抱怨才是所谓"万世一系"的人间"真理"。以为既然自己没有实施真理的能力，那么恐怕早就没办法和人住在一起了。所以，既不能与人争辩，又无法自我辩解。每次别人说自己不好，我都觉得所言极是，自己的确罪在不赦。因而默默承受其攻击，内心则感觉近乎发狂的恐怖。

或许，任何人面对别人责难或发火时都不可能欢欣鼓舞。可我从发火的人的脸上看出的是比狮子比鳄鱼比龙还要可怕的动物本性。他们似乎是在隐藏其本性，可是一有机会，就像原本在草原安睡的老牛忽然用尾巴啪一下子打死肚皮上的牛虻那样，出乎意料地通过发火露出本来面目——看到那副样子，我总是觉出近乎头发倒立的战栗。想到这种本性可能也是人活下去的资格之一，就每每对自己感到绝望。

对人，常常吓得发抖；对作为人的自己的言行，丝毫没有自信。我将自己一人的懊恼锁进胸中的小盒，将忧愁、疲惫感藏得深而又深，一味装出天真无邪的乐观模样。使得自己作为逢场作戏的怪人逐渐趋于完美。

什么都无所谓，只要逗笑即可。这样，即使自己置身于人们的所谓"生活"之外，大家怕也不至于怎么计较。总之，我愈发深信不能碍他们的眼，自己是无、是风、是空。我通过逢场作戏而让家人发笑。就连比我还要不可理解的可怕的男女仆人，我也报以最大限度的戏谑服务。

我在夏天在浴衣下面套穿红毛衣在走廊里走动，逗得家人直笑。极少笑的长兄见了，也忍俊不禁。

"那个嘛，阿叶，可不是这么个穿法！"他以不胜怜爱的语气说道。

瞧他说的，再怎么着我也不是冷热不知的怪人以致酷暑炎天穿着毛衣走动。其实我是把姐姐的护腿套在双臂上，使之从浴衣袖口探出，以便看上去像穿毛衣似的。

父亲是个东京事多的人,在上野樱木町拥有别墅,每月大半时间在东京那座别墅里生活。回家时每次都给家人和亲戚们买很多很多礼物,这大概算是父亲的爱好。一次上京前的晚上,父亲把孩子们召集到客厅里,笑着问每个人下次回来要什么礼物,并把孩子们的回答一一写进手册。对孩子们这么和蔼可亲,这在父亲是很少见的。

"叶藏呢?"听得这么一问,我一下子嗫嚅起来。

在问要什么那一瞬间,我就什么也不想要了——无所谓,反正没有什么让自己开心的东西,心里闪过这样的念头。可另一方面,大凡别人给的东西,无论多么不合自己的心意,我又不能谢绝。厌烦的事不能说厌烦。而喜欢的事也像战战兢兢偷东西那样深以为苦,并且为难以言喻的恐怖感不知所措。就是说,自己甚至二选其一的气力也没有。到了后来,这更加成了造成自己所谓"耻辱多多生涯"的重大原因,成了一种性格缺陷。

由于自己扭扭捏捏默不作声,父亲现出约略不悦的神色：

"还要书？浅草商业街有卖正月舞狮子用的狮子，大小正适合小孩戴在头上玩耍，不要一个？"

问我要不要一个，我就已经不行了。逢场作戏的回答也罢什么也罢全都失灵，滑稽演员彻底落马。

"书可以的吧？"长兄神情认真地提议。

"是吗！"

父亲一脸扫兴，也没往手册上记，啪一声合上手册。

一败涂地！自己惹父亲生气了。父亲的报复必然可怕无疑。眼下不能设法挽回吗？那天夜晚，我在被窝中浑身颤抖着思来想去。我悄悄起身走去客厅，拉开父亲刚才大约塞入手册的抽屉，取出手册，啪啦啪啦翻到写有礼物订单的地方，舔了舔铅笔，写下"狮子舞"才又躺下。自己一点儿也不稀罕跳狮子舞的狮子，想要的反倒是书。但是，意识到父亲是想给自己买那狮子的，就一心迎合父亲的意向来讨他欢心，深更半夜冒险潜入客厅。

自己这个非常手段果然大获成功。不久父亲从东京回来，我在自己房间听他大声对母亲说道：

"在商业街玩具店打开手册一看，嗬，这里写着'狮子舞'。不是我的字。谁呢？歪头一想，想出来了，是叶藏搞的名堂！我问的时候，那家伙笑嘻嘻不吭声，但后来想要狮子想得不得了嘛！喏，看来真是个莫名其妙的孩子啊！脸上佯装不知，却写得一清二楚。既然那么想要，那么说不就得了！我在玩具店笑了起来。快把叶藏叫到这儿来！"

与此同时，我把男仆女仆们召集到西式房间，让一个男仆胡乱敲打钢琴键盘（虽说住在乡下，但家里的东西基本一应俱全），自己随着那没头没脑的曲调跳印第安舞给大家看，逗得他们哄堂大笑。二哥打开闪光灯把我的印第安舞拍摄下来。洗出照片一看，腰布（一块洋花布包袱皮）的接缝那里竟闪出了自己的小鸡鸡。这又逗得全家大笑不止。对我来说，或许这也该说是意外成功。

我每月都订了十几册新出的少年杂志。还订了各种各样的书从东京寄来,闷头读个没完。什么"大杂烩博士"啦什么"无所不知博士"啦，全都如数家珍。至于妖怪故事、评书、单口相声和江户段子之类，更是耳熟能详。时不时故作正经地讲那些戏谑故事，逗全家欢笑。

可是，啊，可是学校！

我在那里开始受到尊敬。而尊敬这一观念也让自己惊恐不已。近乎完美的招摇撞骗被某个全智全能的人识破了，结果一塌糊涂，蒙受比死还要严重的奇耻大辱——这就是我对处于"受到尊敬"状态的自己所下的定义。即使通过骗人而"受到尊敬"，也总有某个人心知肚明。于是，人们很快经那个人指点而觉察受骗上当。那个时候人们的愤怒和报复究竟是怎样的呢？甚至一想都觉得毛骨悚然。

较之出身于有钱人家庭，我得到的尊敬似乎来自通常所说的"考得好"。自己从小体弱多病，经常一两个月以至将近一年卧病不上学。尽管这样，当我以抱病之躯坐着人力车到校接受学年末考试，而又似乎比班上任何人都"考得好"。即使身体好的时候我也根本不用功。上学也在课堂上画漫画什么的，在课间休息时讲给班上的人听，逗他们笑。

还有，作文课专门写搞笑的东西，老师提醒也不改。因我知道老师暗暗以自己写的笑话为乐。一天，我照例由母亲领去东京，把尿撒在客车通道的痰盂里（其实进京时我并非不知道那是痰盂，不过利用小孩的天真恶作剧罢了）——我以分外悲怆的笔调写了这个"臭事"交了上去。我深信老师肯定发笑，就偷偷跟在走去教员室的老师后面。结果，老师一出教室就把我的作文从班上其他人的作文中挑了出来，在走廊里边走边看，哧哧直笑。一会儿走进教员室时大概看完了，满脸通红地放声大笑。当即让其他老师看了——我看在眼里，甚是踌躇满志。

孩子气。

我成功地被人看成充满孩子气，得以从被尊敬当中逃脱出来。成绩簿上所有学科都是10分，只有操行七分或六分。这也成为全家大笑的题材。

然而我的本性同那种所谓孩子气则是大体相反的。那时我就被女佣和男仆教会了干可悲的事，被玷污了。现在我认为，对幼小者做那样的事，在人所犯的罪过当中是最为丑恶和卑劣的。那是残酷的犯罪。但我没有出声。甚至觉得又看到了人的一个特质,并且有气无力地笑了。假如自己养成说实话的习惯,那么就可能把他们的罪过大声地告诉父母。可是,我连自己的父母都没能完全理解。诉之于人——对这一手段我不怀有任何期待。诉之于父亲也好,诉之于母亲也好,诉之于警察也好,诉之于政府也好,恐怕终归不过是被精于世故之人口中那世间常理所反复劝说而已。

肯定有所偏袒,这我一清二楚。说到底,诉之于人纯属徒劳。我依然一句实话也不说,继续不动声色地逢场作戏,此外别无他法,我觉得。

什么呀,你是不相信人喽?哦,莫非你成了基督教徒?——也许有人这么嘲笑。我倒是觉得,对于人的不相信未必马上通向宗教之路。实际上包括嘲笑我的人在内,岂不都处于相互不信之中,根本没把耶和华和其他什么放在心上,就那么满不在乎地活着?那也是自己小时候的事了,父亲所属政党的一个名人来镇上演讲,我被男仆领去剧院听了。座无虚席。镇上的人、尤其和父亲要好的人全都来了,拼命鼓掌。而当演讲结束,听众三五成群踏着夜幕下的雪路回家时,却把当晚的演讲会说得一文不值。其中甚至有和父亲特别要好的人的语声。父亲的所谓"同志们"以类似恼怒的语调说父亲的开幕词也够差的,那个名人的演讲从头到尾全然不知所云。不料,这些人路过自己家时竟登堂入室,做出喜不自胜的表情对父亲说今天的演讲会大为成功。被母亲问及今晚演讲会如何,就连男仆们也都满不在乎地回答简直有趣极了。而在回来路上他们还相互叹道再没有比演讲会更无趣的了。

但这不过是一个极小极小的例子罢了。我觉得人们生活当中充满了远为堂而皇之的、百分之百光明正大的背信弃义事例——互相欺骗却又双方都莫名其妙地不受任何伤害,甚至对相互欺骗一事本身都似乎浑然不觉。不过,我对相互欺骗提不起多少兴致。自己也从早到晚通过逢场作戏欺骗别人。对修身教科书式的正义等这样那样的道德,没有多大兴趣。互相欺骗而又光明正大地活着,或者具有能够活着的自信那样的人,在我是很难理解的。人们直到最后也未将其妙谛教给我。只要得其妙谛，想必我就不至于这么怕人并拼命讨好他们了，不至于处于人们生活的对立面而整夜整夜饱尝这地狱般的痛苦了。也就是说，甚至男女仆人们那可憎的罪过我都没有诉之于人，那并非出于对人的不信任，当然也不是基于基督教义，而是由于对叶藏这个自己紧紧关闭了信任之壳。毕竟，就连父母也不时让我看到我所费解的东西。

这么着，我那不诉诸任何人的孤独气味被许多女性以其本能嗅到了，而似乎成了自己后来不断被她们引诱上钩的一个起因。

亦即，对女性来说，我是个能够保守恋爱秘密的男人。

第二篇　手札

在几乎可以称为海滩的近海岸边,排列着二十几株树皮漆黑漆黑的相当高大的山樱树。新学年刚一开始,山樱便以湛蓝的大海为背景,连同仿佛有些发黏的褐色嫩叶,开出绚烂的花朵。不久,到了花雨纷飞时节,无数花瓣落入海中,镶在海面上漂移,乘着海浪被重新打回海岸。尽管我没怎么准备考试,但我还是顺利跨进了东北这所直接以这样的樱花沙滩作为校园使用的中学。这所中学的校帽徽章也好校服纽扣也好,全都绽放着图章化的樱花。

距这所中学很近很近的地方,有一家相当于我家远亲的人家。也是出于这一原由,父亲为自己选定了这所有樱花的临海中学。我被托付给那户人家。毕竟学校就在旁边,听得上早操的铃响之后,我才跑去学校,是个相当懒散的初中生。尽管如此,我还是通过自己擅长的逢场作戏，获得班上与日俱增的人气。

虽说有生以来第一次来到所谓他乡，可我觉得他乡是个比自己出生的故乡快活得多的地方。原因似乎可以解释为，自己的逢场作戏那时也更加得心应手，骗人不再需要以前那番辛苦了。不过相比之下，亲人和他人、故乡和他乡——即便对于多么了不得的天才、即便对于神子耶稣，其间恐怕也都存在不容逃避的难易之差。对演员来说，最难演的地方就是故乡的剧场。尤其在三亲六故聚集一堂的场所，纵使再好的演员，演技怕也无从谈起。然而我演过来了，并且取得了相当不俗的成功。这样的"老油子"，到了他乡不可能失手演糟，绝无可能。

自己对人的恐惧感，仍在心底剧烈翻滚，较以前有过之而无不及，但演技委实驾轻就熟，在教室里总让班上的人发笑。老师一边捂嘴而笑，一边感叹说这个班只要没有大庭同学，可就是极好的班了……作为自己，就连那吼声如雷的驻校军官，也能轻而易举地让他笑出声来。

想必我已能够彻底隐蔽自己的本来面目了！正当我开始松一口气时，我始料未及地——完全始料不及地——被人从背后捅了一刀。一如所有从背后捅刀子之人，此人在班里最为瘦弱，脸也又青又肿，身穿大有可能是父兄穿剩下的长袖——像圣德太子的衣袖那么长——上衣，课程一塌糊涂。军训课和体操课总是袖手旁观，同白痴无异。自己也到底没从这个学生身上看出提防的必要。

那天上体操课时间里，那个学生（姓现在已不记得了，只记得名叫竹一）、那个竹一照例袖手旁观。我们做单杠练习。我故意尽量做出严肃的神情，"嗨"一声叫着朝单杠奔去，像跳远一样跳到前端，"嗵"，一屁股摔在沙地上。一切都是算计好了的失手。大家果然大笑，自己也苦笑着爬起，拍掉裤子上的沙子。正当这时，不知什么时候走过来的竹一捅一下自己的后背，以低沉的声音这样说道：

"故意、故意的。"

我深感震惊。完全没有想到故意失手这点偏偏被竹一看破了。感觉上就好像近距离目睹世界刹那间被地狱业火包拢起来熊熊燃烧。啊——！我拼命用力克制险些发狂的冲动。

自那以来的自己日日夜夜地不安与惊惧。

尽管表面上我一如往常做着可悲的表演逗大家笑，但每每不由得长叹一声。无论做什么都必定被竹一一眼识破，并且很快碰上谁告诉谁——想到这里，额头便腻乎乎渗出油汗，以狂人样的怪异眼神惶惶然东张西望。如果可能，恨不得早午晚二十四个小时跟在竹一身边监视他，不让他随口道出秘密。并在寸步不离其左右的时间里，千方百计让他深信自己的表演并非所谓"故意"，而是自然而然的。倘若顺利，还想和他成为独一无二的好友。我甚至想，假如这些都不可能，那么只好盼他早死。不过，杀他的念头到底没有发生。迄今为止的人生当中，想被人杀的愿望诚然有过几次，而想杀人的心思却一次也没有过。因为我认为那样反倒会给可怕的对手带来幸福。

为了让他就范，我首先在脸上堆满伪基督徒那样"温柔"的逸笑，让脖子往左倾斜三十度左右，轻轻搂过他瘦小的肩,不止一次以猫被爱抚时的叫声那般甜腻腻的声音邀他来我寄宿的人家玩。可他每次都现出空漠的眼神,默不作声。不过有一天放学后——记得是初夏时节——傍晚的雷阵雨白亮亮自天而降,同学们都好像不知如何回家。而我由于家近在旁边,就满不在乎地冲出门去。这时,忽然发现鞋架旁边呆愣愣站着竹一,我说走吧我借伞给你。说罢拉起畏畏缩缩的竹一的手,一起冒着大雨奔跑。到了家,托婶母把两人的上衣晾干,成功地将竹一拉进二楼自己的房间。

这户人家只有三个人。五十多岁的婶母和三十岁上下戴眼镜的似乎有病的高个子大女儿(这个女儿一度嫁去外地,后来又返回娘家。我也跟着这家里的人叫她姐姐),加上似乎最近刚从女校毕业的名叫节子的矮个儿——不像她姐姐——圆脸妹妹。下面开店,摆了一点点文具和运动用品。主要收入是去世的主人留下的五六栋长筒屋的租金。

"耳朵痛。"仍站着的竹一说,"雨淋湿了就痛。"

一看,两只耳朵的耳垂简直不成样子。看上去脓水马上就要流出耳轮。

"这哪行,痛吧?"我做出大为吃惊的样子。"把你拉进雨中,对不起!"

我女声女气地"温柔"道歉,然后下楼要来棉花和酒精。让竹一枕自己的膝部躺下,小心翼翼地清理他的耳朵。竹一也好像没有觉察这是伪善之计。

"你么,肯定有女人迷上你的!"竹一枕着自己的膝部随口奉承道。

然而,许多年后我才体验到竹一这句他自己也没意识到的恶魔预言般可怕的话语。

迷上也好被迷上也好,一旦竹一这句话以俗不可耐、轻浮戏谑而又格外自鸣得意的感觉忽然出现,哪怕再"严肃"的场合,我都觉得仿佛忧郁的伽蓝迅速崩毁,沦为扁平的废墟。如果不用被迷上的难受这样的俗语,而使用被爱上的不安这样的文学语言,那么,忧郁的伽蓝想必不至于土崩瓦解。想来也真是奇妙。

由自己处理耳垂脓水的竹一说了我会被女人迷上这句傻傻的恭维话。自己当时只是红着脸笑,没有应声。但实际上隐约有所感觉的地方也是有的。不过,如果对"被女人迷上"这句粗言俗语所产生的自鸣得意的气氛,那么说来倒也有所感觉,那就颇有抒发惊人感怀的意味,甚至单口相声中的大少爷台词都算不上——并不是说是以那种玩世不恭、得意洋洋的心情"有所感觉"的。

对于我,较之男性,女性要费解好几倍。家人中女性比男性人数多,亲戚中也有很多女孩,加上犯那种"罪"的女佣等人,所以,说我从小就是跟女人玩耍长大的,我想也不为过。而那的确是以如履薄冰之感同她们交往过来的。几乎全然不知所措,如坠五里云雾。有时不小心踩在虎尾巴上,受到致命打击。而且同来自男性的鞭打不同,伤口像内出血似的毒火攻心,实在难以治愈。

女人引诱自己,而又一把推开。或者在有人的场所蔑视、折磨自己。而当一个人也没有了,又把自己搂得紧紧的。女人睡起来像要睡死似的——说不定女人是为睡而活着的。此外我也自幼得到了种种样样观察女人的机会。感觉上尽管似乎同为人类,却又好像是和男人截然有别的生物。便是这种匪夷所思且马虎不得的生活奇异地包围着自己。"被迷上"这类说法也好,"被喜欢"这一表达也罢,哪一种都根本不适合我。莫如说"被圈养"可能还算适于用来说明实情。

同男人相比,女人似乎更对做戏感到放松。自己逢场作戏,男人毕竟不至于哈哈笑个没完。而且自己也知道不可在男人面前乘势表演过头,以免露出马脚,必须适可而止。但女人就不晓得适度这回事,永无休止地要求我表演下去,以致在其毫无节制的喝彩之下累得一塌糊涂。她们实在能笑。一句话,女人似乎能够比男人吞食更多的快乐。

中学时代关照过我的那户人家的姐姐也好妹妹也好,只要有时间就跑上二楼我的房间。每次都惊得我差点儿一跃而起,一个劲儿颤抖不止。

"用功呢?"

"哪里。"我笑着合上书本。"今天啊,在学校里,那个叫棍棒的地理老师……"

如此脱口而出的,全是言不由衷的滑稽故事。

"阿叶，戴眼镜试试！"

一天晚上，妹妹节子和姐姐一起来我房间玩，让我做了好一场表演之后，提出这样的要求。

"为什么？"

"别问为什么，戴戴看，用姐姐的眼镜。"

她总是以这么吆五喝六的语气说话。搞笑师乖乖戴上姐姐的眼镜。两个姑娘顿时笑得前仰后合。

"一模一样，跟罗依德一模一样！"

当时，那个叫哈劳鲁德·罗依德的外国电影喜剧演员正在日本走红。

我起身举起一只手：

"诸位，"我说，"这次为日本诸位粉丝……"

我尝试现场致辞，让她们笑上加笑。此后每次有罗依德的电影在镇里剧院上映我都去看，偷偷研究他的表情什么的。

还有，一个秋夜，我正躺着看书，姐姐如飞鸟一样扑进房间，一下子倒在我的被子上哭道：

"阿叶，救救我啊！对了，最好和我一起离开这个家吧！救我、救救我……"

如此胡言乱语一通，又哭了起来。不过，因为女人在我面前表现出这种态度已经不是初次，所以我对姐姐的过头话也没怎么吃惊，反而对这种无聊的陈词滥调觉得兴味索然。于是轻轻钻出被窝，剥掉桌上的柿子皮，把一块递到姐姐手里。结果，姐姐抽抽搭搭吃着柿子说：

"可有好看的书？借我一本！"

我从书架上挑出漱石的《我是猫》交给她。

"多谢招待！"

姐姐羞赧地笑着离开房间走了。此事并不限于这位姐姐。女人究竟是以怎样的心情活着的呢？对我来说，思索这点比揣摩蚯蚓的心思还要繁琐、还要心烦、还要不是滋味。不过，有一点我从小就通过自身经历得知：女人突如其来哭出来的时候，只要递给某种甜的东西，吃了就会破涕为笑。

这还不算，妹妹节子甚至把她的朋友也领来我的房间。我一视同仁地照样逗大家笑。而朋友走后，节子百分之百说朋友的坏话。开口就说那人是个不良少女，务必当心。既然如此，何苦特意领来！结果，我房间的来客几乎清一色是女人。

但是，这绝不意味竹一恭维的"被女人迷上"状态的实现。说是说，我不过是日本东北的哈劳鲁德·罗依德罢了。竹一无意说出的恭维话作为让人厌恶的预言栩栩如生地呈现出不吉利的形貌，是那以后又过几年的事了。

竹一还给了我另一件非同一般的礼物。

"妖怪画！"

一次来我二楼时，竹一很得意地让我看一幅他带来的原色版卷首插图，这么介绍一句。

哦？我心里一惊。许多年后才开始耿耿于怀，觉得似乎是那一瞬间决定了自己的下滑之路。我知道，知道那无非是梵高的自画像。我们年少的时候，法国的所谓印象派绘画在日本大为流行。而欣赏西画的第一步，一般都从这里开始。梵高、高更、塞尚、雷诺阿等人的画，即便乡下的初中生也大体在图片版上看过了。我也看过好多梵高的原色版，对笔触的妙趣、色彩的鲜活有些兴致。至于妖怪什么的，却一次也没想过。

"那么,这个怎么样?也是妖怪画吧?"

我从书架上取出莫迪利亚尼的画册,给竹一看皮肤晒得如同红铜的那幅裸体女人画。

"好厉害啊!"竹一瞪圆眼睛感叹。

"活像地狱里的马。"

"也是妖怪吧?"

"我也想画这样的妖怪画!"

对人过于恐惧的人,反而更想亲眼确认远为可怕的妖怪的心理;越是胆小如鼠的人越是盼望暴风雨来得更为猛烈的心理。啊,这群画家被人这种妖怪伤害、威胁的结果,终于相信了幻影,在光天化日下的大自然中历历在目地看见了妖怪。但是,他们并未通过戏谑化而蒙混过去,而是致力于如实再现。如竹一所说,毅然决然画出了"妖怪画"。这里有自己将来的同伴——我兴奋得险些流出眼泪,不由得极力压低嗓门对竹一说道:

"我也画,画妖怪画,画地狱里的马!"

上小学时我喜欢画画和看书。但我自己的画没有像作文那样受到周围人的好评。因为我压根儿不信人说的话，所以作文之类对自己不过好比搞笑的开场白罢了。虽然从小学到中学接连让老师们欣喜若狂，但自己本身觉得索然无味。唯独绘画（漫画什么的另当别论）让我为表现对象物——尽管以幼稚的个人风格——多少煞费苦心。一来学校图画摹本一无是处，二来老师的画拙劣至极，只好自行其是地胡乱尝试五花八门的表现方式。进了中学，油画用具倒是一应俱全了，可是即便从印象派画风中寻求范本，自己画出的东西也完全提不起来，简直像彩印纸手工一样呆板。不料，竹一那句话使得自己意识到原来自己对待绘画的姿态是大错特错的。将给人以美感的东西力图原封不动地表现以美的天真和愚蠢！大师们尽管将平平常常的东西通过主观创造表现得美不胜收，或把丑的东西表现得催人作呕，可是他们并不掩饰对它们的兴趣，沉浸在表现的喜悦之中。换句话说，我从竹一那里得到了全然不为他人看法所左右这一画法的本源性秘籍。于是瞒着那些女客，开始一点点从事自画像的创作。

　　画出来的实在惨不忍睹，连自己都吓了一跳。

但这才正是心底深藏的自己的本性！虽说表面上我谈笑风生并逗别人笑，而实际却有一颗如此充满凄风苦雨的心。这是没办法的事，我暗暗自我肯定。不过除了竹一，我到底没把画给任何人看。一来我不愿意自己的逢场作戏被人揭穿老底，以致一下子绷紧神经；二来担心对方可能觉察不到自己的本性，仍然视之为独出心裁的做戏表演而沦为笑料。这是再伤心不过的事。于是我把那幅画藏进壁橱深处。

另外，学校上图画课时，我也将"妖怪式手法"秘而不宣，一如既往以平庸无奇的笔法将美的东西画得很美。

我早就对竹一（只对竹一）满不在乎地表露自己容易受伤的神经了，所以这回的自画像也放心地拿给竹一看。他大为赞赏。我就第二张、第三张继续画妖怪画。

"你会成为了不起的画家！"我又从竹一那里得到了一个预言。

被女人迷上的预言、成为了不起的画家的预

言——这两个预言被竹一这个傻瓜刻在我的额头。不久,我来到东京。

我想进美术学校。但父亲早就打算让我上高中,将来当官。也对我这么说了。生来从不还嘴的我怔怔接受下来。父亲让我上四年。加之我自己也差不多上够了海滨樱花初中,就没上五年级,四年修了之后直接考取东京一所高中,随即开始了住宿生活。那里的脏乱和粗暴搞得我心力交瘁,逢场作戏根本无从谈起,遂让医生出具浸润性肺炎诊断书,搬出宿舍,住进上野樱木町父亲的别墅。我横竖过不来集体生活。而且,什么青春的感奋啦年轻人的骄傲啦,那类大话也听得我不寒而栗,无论如何也追随不了所谓"高中精神"(high school spirit)。无论教室还是宿舍,我甚至觉得那不外乎排放扭曲性欲的地方,自己那近乎完美的做戏技巧,在这里根本派不上用场。

不开议会的时候,父亲每个月只在别墅住一两个星期。这样,父亲不在的时间里,那座相当宽敞的房子,只有管理别墅的一对老夫妇和我三个人。我时不时逃学,却又没心思逛什么东京(最后我好像连明治神宫、楠正成①铜像、泉岳寺四十七士②墓也没看),整天闷在屋子里看书画画。父亲进京时,每天早上我赶紧去学校。但去的有时是本乡千驮木町西洋画家安田新太郎氏的画塾,练素描练三四个小时。搬出高中宿舍后,到校上课也觉得自己活活处于旁听生位置——或许自己性情古怪——全然提不起兴致,就更加懒得上学了。从小学、初中到高中,我始终未能理解爱校之心这个东西。校歌什么的也一次都没想记过。

不久在画塾里从一个学画生口中得知烟酒、妓女、当铺和左翼思想。组合固然不伦不类,但事实如此。

那个学画生叫堀木正雄,东京下町人,比我大六岁,从私立美术学校毕业后,由于家中没有画室,就来画塾继续学西洋画。

---

① 亦作"楠木正成"(1294—1336),日本南北朝时期武将。
② 四十七士,一般史称"赤穗四十七浪士",又称"忠臣藏事件"。

"不能借我五元？"

只有一面之交，这以前一句话也没说过。我慌忙递上五元。

"好，喝酒去！我请客。可以的吧？"

我无法拒绝，被他拉到画塾附近的蓬莱町一家酒馆。这是和他交友的开端。

"早就注意你了。喏喏，那腼腆似的笑，那前途无量的艺术家特有的表情。为我们的结交，干杯！阿娟，这家伙是美男子吧？迷上可不成哟！由于画塾里来了这家伙，我成了第二位美男子，遗憾！"

堀木肤色微黑，长相端庄。作为学画生，少见地穿着像模像样的西装，领带也够地道。头发打着发蜡，从正中间稳稳分开。

也是因为是自己不习惯的场所，感到的只是惶惶不安，手臂一会儿抱起一会儿放下。腼腆似的微笑倒是始终挂在脸上。不过两三杯落肚，开始奇异地觉出解脱般的轻松。

"我本想进美术学校来着……"

"哎呀，无聊。那种地方，无聊。学校嘛，统统无聊。我辈的教师，存在于大自然之中！面对大自然的冲动！"

但是，他的话全然没让我产生敬意。傻瓜蛋，画也肯定一团糟。不过我想，作为玩伴儿倒可能不坏。换言之，有生以来我第一次见识了真正的都市无赖。就算形体和我不同，但在彻底游离于人世生活之外和迷惘这点上，还是和我完全属于同类。不过，他的逢场作戏是下意识的，且对做戏的悲惨浑然不觉。这是他和我本质上的不同。

不过玩玩罢了，不过作为玩伴儿交往罢了——我总是这么蔑视他。有时甚至以和他交友为耻。然而在同他相伴而行过程中，最终居然被他打败了。

话说回来。起始我一门心思认定他是个好人、一个罕见的好人。原本对人怀有恐惧感的我也彻底解除戒心，以为有了东京城的好导游。实际上每次一个人乘电车都怕乘务员。很想去歌舞伎剧场，又怕正面门厅铺着猩红地毯楼梯两侧并排站立的引路小姐。而进了饭店，悄然站在自己背后等盘子吃空的男侍应生又让自己害怕。特别是结账的时候，啊，自己那笨拙的手势！买东西付款的时候，那同吝啬无关的极度紧张、极度羞赧、极度不安和恐惧，使得自己头晕目眩，感觉世界一片漆黑，险些发狂。别说砍价，找回的零钱都忘记拿了。不仅如此，甚至忘记带回买的东西之事都屡屡发生。这么着，自己一个人根本没办法在东京街头游逛，只好从早到晚歪在房间里——就是说，我有我的苦衷。

当我把钱包交给堀木一同走起来，堀木大刀阔斧地砍价。而且——或许是游逛高手——他把以最少的钱换取最大的效果那种付款手段施展一尽。此外还对花钱多的出租车敬而远之，而分别利用电车、公共汽车、小汽艇等等，使出以最短时间到达目的地的看家本领。早上从妓女那里回来路上，顺路走进什么什么餐馆、进入早间澡堂、就着豆腐火锅喝酒，不仅便宜，还能让人觉得奢侈——如此这般对我进行现场教育。此外还介绍说露天摊床的牛肉饭、烧鸡又便宜又有营养。还保证说早上再没有"电气白兰地"更让人醉意上头的。总之，事关花钱结账，他一次也没让我感到过不安和慌恐。

同堀木交往当中另一点让我释然的,是堀木全然不以交谈对手为意,任凭激情喷涌(所谓激情,或许就是不以对方处境为意),白天黑夜喋喋不休,根本无需担心两人走累了陷入尴尬的沉默。与人接触过程中,由于生怕当场出现可怕的沉默,原本口讷的我总是抢先拼命做戏说笑话。而现在由于堀木这个傻瓜蛋不知不觉地主动扮演搞笑角色,自己只要不哼不哈地当耳旁风,偶尔来一句"何至于"笑笑就算完事。

酒、烟、嫖妓,这都是冲淡恐人情绪——哪怕一时——的有效手段。不过,我也很快明白过来:为了追求那些手段,自己甚至开始怀有即便卖掉自己所有东西都不后悔的心情。

对我来说,妓女并不是人也不是女性,看上去不是白痴就是狂人。在她们的被窝中,自己反而得以放心大胆地呼呼大睡。她们近乎悲哀地毫无私欲。大概在我身上感觉出不妨说是同类的亲和感了吧,她们每每对我示以并不别扭的自然而然的好意。没有任何心计的好意,不强加于人的好意,给予可能不会再来二次之人的好意——有的夜晚,我从这些不是白痴即是狂人的妓女身上实实在在看见了玛丽亚的光环。

但是,在我为了逃避恐人情绪和追求一夜少许休闲而去那里跟自己恰属"同类"的妓女嬉戏的时间里,身边不知何时开始荡漾自己浑然不觉的某种令人厌恶的氛围。虽说这一情形是我完全始料未及的"追加赠品",但这"赠品"逐渐鲜明浮上表面。堀木指出这点时,我心里一惊,随即厌烦起来。在别人眼里,说得俗些,我是在妓女的训练下学当女人。而且近来成效明显——学当女人的训练,来自妓女的最为严格,也就分外有效。自己身上已经有了"女达人"气味儿,女性(不限于妓女)本能地嗅出并贴上身来。我把这种猥琐的、有损声誉的氛围作为"追加赠品"接受下来,而这似乎比自己的休闲等等还要引人注目。

堀木大概是以半恭维的心情指出这点的,但我自己也有相应的沉重记忆。例如,茶馆女子给我来过稚拙的信,樱木町邻居将军家一个二十来岁的姑娘每天早上都在我上学出门时没事找事似的化着淡妆从她自己的家门进进出出。还有，去吃牛肉饭时，即使自己默不作声，那里的女帮工……还有，常去买烟的那家香烟铺的姑娘递过来的香烟盒中……还有，去看歌舞伎邻座那个……还有，在深夜市营电车上自己醉得迷迷糊糊……还有，故乡一个亲戚的女儿意外寄来一往情深的信……还有，不知是谁的一个少女趁我不在房间时送来的似乎亲手做的偶人……由于我极为消极，以致无不有头无尾，全部支离破碎，哪一个都没有下文。不过自己身上某个地方有一种挥之不去的氛围而使得某个女子做梦这点，却是否定不了的，那绝非什么自作多情的随意笑谈。被堀木那样的人指出之后，我感到类似屈辱的痛楚。与此同时，对嫖妓也陡然失去了兴致。

一天，堀木还出于赶时髦的虚荣心（就堀木而言，我至今也没想除此以外的缘由），把我领去共产主义读书会（说是R·S，记不确切了）那种秘密的研究会。对于堀木之流来说，或许共产主义秘密聚会也是那种"东京导游"中的一项。我被介绍给"同志",势之所趋地买了一本小册子,还听上座一个长相奇丑的小伙子讲了马克思主义经济学。不过,感觉上那东西自己早已一清二楚。那想必是那样的,但人的心中怀有远为莫名其妙的可怕东西。说欲望,言犹未尽;虚荣心,亦不充分;将色与欲并列起来,又或有所缺。是什么,自己也不知晓。反正觉得人世的深层具有并不仅是经济学的奇谈怪论。对奇谈怪论惊恐万状的我,虽然像肯定水往低处流一样自然肯定所谓唯物论,但不能因而从恐人情绪中解放出来转而放眼苍翠的新叶,从中感觉发现希望的喜悦。尽管如此,我还是一次不少地参加R·S(似乎是这样,错了也有可能)聚会。"同志"们煞有介事地板着面孔,专心致志研究一加一等于二那样近乎初等算术的理论——那情形看起来真是滑稽无比。于是我以往日逢场作戏的手段设法让聚会放松下来。或许因了这个,研究会的局促气氛渐渐得以缓和,感觉上自己甚至成了研究会必不可少的红人。这些显得单纯的人大概以为我也和他们同样单纯,是乐天而风趣的"同志"。果真如此,就意味着我彻头彻尾欺骗了这些人。我并非同志。却又次次参加聚会，为大家提供戏谑服务。

因为喜欢。我中意这些人。但那未必出于由马克思维系起来的亲爱感。

非法。我暗暗为此快乐。莫如说舒心惬意。世上合法的东西反倒是可怕的（令人预感其中有深不可测的强势），架构匪夷所思。我无论如何也不能在那没有窗户的彻骨生寒的屋子坐下去。外面纵是非法的大海，我也要跳进去游泳，不久死去——似乎还是这样让我开心。

有个说法叫"见不得光的人"，好像是指凄惨的失败者、道德败坏者。可我觉得自己生来就像是个见不得光的人。每当遇见被世人指为"见不得光的人"那样的人，心里必定充满温馨。这"充满温馨的心"让我为之心荡神迷。

另有犯人意识这一说法。尽管我在这人世上终生受此意识的折磨，然而因有糟糠之妻这样的好伴侣而得以与之单独凄然嬉戏或许也是我的一个人生姿态。还有好像此外常言说的"胫伤之身"之语，但那个伤是我还是婴儿时就出现在我一只小腿上的。久而久之,漫说治愈,反倒越来越深,深至骨髓,每夜的痛苦如坠痛苦万状的地狱。话虽这么说——说法固然奇妙得很——但那块伤又比自己的血肉还要亲近,甚至觉得那伤痛痛仿佛伤口活生生的感情或爱情的窃窃私语。对这样的人来说,那种地下运动团体的气氛让我觉得分外放心和舒心。就是说,同运动本来的目的相比,运动的质感更与自己一拍即合。作为堀木,仅仅出于傻里傻气的调侃而把自己领去研究会介绍一次,往下口称要做生产方面的研究和进行消费方面的考察——说完这等拙劣的俏皮话后,再不靠近聚会,还时不时挖空心思找我一起做消费方面的考察。想来,当时是有种种样样的马克思主义者的。像堀木那样出于时髦的虚荣心而自诩者有之,像我这样仅仅中意其非法气味而赖在那里不走者有之。倘若这些真实用心被马克思主义真正的信奉者识破,堀木也好我也好,势必遭到烈火般的怒斥,即刻作为卑鄙的叛徒清除了事。可是,我、甚至堀木始终未遭除名处分。尤其是,同合法的绅士世界相比,在这非法世界中我反倒得以悠然自得地"健康"生活下去。以致被作为可靠"同志"托我办种种样样的绝密——几乎让我笑出声来——事项。而且,事实上我一次也没有拒绝,不管什么都满不在乎地接受下来。而且不曾做得拖泥带水而被狗们(同志这么称呼警察)怀疑盘问。欢笑之间、同时让别人欢笑之间,把他们称为危险(从事那种运动的人都像祸事临头一般紧张,甚至模仿侦探小说那样拙劣的手段保持高度警惕。虽说交给我做的事无聊得让人目瞪口呆,但他们一再强调事情何等危险)的事项做得无懈可击。作为我当时的心情,纵使成为党员被捕、终生在狱中度过也觉得无所谓。我甚至认为,较之战战兢兢过世人的"实在生活"而在彻底不眠的地狱中呻吟,说不定还是牢狱快乐。

樱木町别墅里,父亲因有来客或外出什么的,即使同住一起,也几乎三四天都见不着面。不过,父亲总好像对我有所怀疑,让我惧怕。正当我想离开别墅去哪里找房子住而又没说出口时,从管理别墅的老伯口中听说父亲好像打算把这房子卖掉。

父亲的议员任期快要到了,这么做肯定有很多理由。看样子已无意争取连任,而想在故乡建一座隐居住所。他对东京似乎没有什么恋恋不舍的意思,为一个充其量是个高中生的我提供宅院和佣人,在他看来怕也多此一举(父亲的心意也和世上其他人同样不为我所了解)。总之,房子不久将转去他人之手。于是我搬到本乡森川町一座叫仙游馆的出租屋的昏暗房间,并且马上在钱上有了困难。

这以前父亲每月都给我一定数目的零花钱。就算两三天花完了,但一来毕竟别墅里任何时候都有烟有酒有奶酪有水果,二来书、文具以及服装等所有东西都能随时从附近店里"赊账"求得。此外,即便请堀木吃荞面条或盖浇饭什么的,若是父亲关照范围里的町内餐馆,自己默默出门也不碍事。

而在突然独自租房住,一切都要靠每月定额汇款解决之后,我就狼狈起来。汇款照样两三天就没了踪影。我开始心慌意乱,六神无主,不断给父、兄、姐姐等人交叉拍电报要钱,接连写"详情函达"信(信上诉说的情由全都是子虚乌有的讨巧故事。

我认为有求于人时以先逗人笑为上策）。与此同时，开始在堀木指教下一个劲儿跑当铺。尽管如此，花钱还是时不时捉襟见肘。

归根结底，我不具有在无亲无故的房东屋子里独自"生活"下去的能力。我害怕一个人老老实实待在那屋子里，觉得好像马上有人朝自己扑来当头一棒。我不断地跑出去，或为那个运动帮忙，或跟堀木一起到处喝廉价酒。学业也好学画也好，几乎全部放弃。上高中第二年十一月又闹出同一位比自己年纪大的有夫之妇殉情事件，我的人生随之一变。

上课缺席，课程学习根本不用功。好在对考试答案好像有深得要领之处，迄今为止在故乡的至亲那里总算得以蒙混过关。可是好景不长，学校方面好像把上课时数不够等情况悄悄报告给了故乡的父亲。长兄作为父亲的代理人给我寄来了措辞严厉的长信。但相比之下，自己直接的痛苦更是缺钱以及为那个运动做的工作越来越刻不容缓，根本不容我再有半玩半做的心绪了。

不知是中央地区还是什么地区了，反正本乡、小石川、下谷、神田那一带学校所有的马克思学生行动队队长都由我担任。听得武装起义就买来一把小刀（如今想来，刀小得连削铅笔都不够力），揣进雨衣口袋，东奔西窜进行所谓"联络"。很想喝酒好好睡一觉，但没有钱。何况 P（记得用这样的暗语称呼党来着，或者错了亦未可知）那方面要我办的事一件接一件，几乎无暇喘息。看来以自己的病弱之躯，死活也承担不来了。原本就是仅仅出于对非法活动的兴趣为那个团体帮忙的，而这样一来，简直弄假成真，忙得天昏地暗。我到底禁不住这种厌烦感，就对 P 的人说："怕是找错门了吧？让你们的直系干好不好？"随后一逃了之。但毕竟心中不快，决定一死了事。

那时，对我怀有特别好意的女人有三个。一个是我借宿的仙游馆的姑娘。每当我为帮忙做那个运动累得浑身瘫软回来饭也不吃就躺下的时候，这个姑娘肯定拿着信笺和自来水笔来到我的房间。

"对不起。下面弟妹太吵了，没办法慢慢写信。"说着，对着我的桌子一写就写一个多小时。

我本该佯作不知地躺着不动,但看样子她很想跟我说点什么。于是发挥那种被动的献身精神,尽管实际上一句话都懒得说,但还是噢一声给自己疲惫不堪的身体打气,翻身趴着吸烟。

"听说有个男的用女方寄来的情书烧洗澡水来着。"

"哎哟,讨厌。是你吧?"

"烧牛奶喝的事倒是有过。"

"荣幸啊,喝好了!"

怎么还不快走啊?写什么信,装模作样!肯定是在用"へへののもへじ"①画画。

"给我看看!"

我以死也不想看的心情这么一说,对方就一口一个哎哟不嘛哎哟不嘛,那个高兴劲儿,简直没法看,只落得让人扫兴。于是我就打发她办事。

"抱歉,去电车路那家药店买来卡尔莫钦②可

---

① 用这七个日文字母(平假名)画人脸。例如へ为眉毛和嘴巴、の为眼睛、も为鼻子等。
② 一种镇静安眠药。

好?实在太累了,脸发热,反倒睡不着。不好意思啊,钱嘛……"

"好的好的,什么钱不钱的!"

说着兴奋地起身出门。打发办事,绝不至于让女人垂头丧气。女人受男人之托,反而心中高兴——这点我也心中有数。

另一个是女子高等师范的文科生,是所谓"同志"。因为那个运动方面的事,每天死活都得和她见面。事情谈完后,她总是跟着我走动,拼命给我买东西。

"把我当作亲姐姐多好!"

那做作的样子让我身上发抖。但我还是做出含愁带笑的表情应道:

"我正是那个意思。"

反正,不能惹她生气,那不得了。一定要蒙混过去才行——为了这么一个念头,我越来越向这个讨厌的丑女人大献殷勤,任她给我买东西(买的东西清一色毫无品位可言。十之八九我都马上转手给了烧鸡店的老头儿),讲笑话逗她笑。一个夏日夜晚，她横竖形影不离。为了让她回去，就在街头黑暗的地方吻了她。结果她兴奋得完全不成体统，叫来出租车，把我领到似乎那些人为从事运动在一座楼里秘密租用的仿佛事务所的狭小西式房间，吵吵嚷嚷一直闹到早上。一塌糊涂的姐姐，我暗暗苦笑。无论借宿的姑娘，还是这个"同志"，因为客观上必须天天见面，所以没办法像对待过去各种女人那样巧妙躲避开来，加之担惊受怕，只好拖泥带水地一味讨取两人的欢心，致使自己形同被五花大绑。

　　同一时候，我还从银座一家大型酒馆一个女侍应生那里得到了意想不到的恩惠。仅仅见面一次，却由于拘泥其恩惠，使得自己进退两难，又是担忧又是无端觉得害怕。到了这时候，即使不靠堀木向导，我也能一个人坐电车了，歌舞伎剧场也能去了，甚至能身穿带有碎白点花纹的和服出入酒馆了——我开始能够多少做出理直气壮的样子了。而心中依然为人的自信和暴力感到困惑、恐惧和苦恼。表面上——仅仅表面上——能在与人寒暄时一本正经。不，不然，若不带着失魂落魄的戏谑苦笑，我还是无以寒暄,天性使然。但不管怎样,我总算能够寒暄了——哪怕再晕头转向战战兢兢——这"伎俩"莫非东奔西忙搞那个运动带来的?或者来自女人?抑或酒?不过主要是缺钱花的结果。在哪儿都心惊胆战。而若能在大型酒馆里被很多醉酒客人或女侍应生、男侍应生们拥裹着打成一片,我那仿佛不断被人追赶的心情反而好像可以平静下来——我这么想着,手拿十元钱独自走进那家大型酒馆,笑着对接待我的女侍应生说:

"只有十元,就来十元的吧!"

"不用担心。"

对方语音有一点儿关西味儿。而且,只此一言就使自己忐忑不安的心镇定下来。不,不是因为不必担心钱,而是觉得在她身旁不必担心。

我喝了酒。由于她让我放心,反而没了逢场作戏的搞笑心情,只管不遮不掩地表现自己固有的沉默寡言和郁郁寡欢,闷头喝酒。

"这种,可喜欢?"

女子把种种样样的菜肴摆在我的面前。我

摇头。

"只喝酒？我也喝！"

一个秋日寒夜。我按照恒子（记得叫恒子。不过记忆模糊，不敢确定。我这个人，连殉情对象的名字都忘了）的吩咐，在银座后街一家露天寿司铺里一边等她一边吃根本不好吃的寿司（不知何故，就算她的名字忘了，当时寿司的糟糕味儿也清楚留在记忆里。还有长相酷似青蛇脸的秃脑瓜老头摇头晃脑地俨然高手胡乱攥着寿司的样子也清晰得如在眼前。多年后在电车上或什么车上有张面孔似曾相识。苦苦想了一阵子，忽然觉察原来长得像是当年寿司店那个老头儿，不由得苦笑起来。这种事不止一两次。在她的姓名、甚至长相都已远离记忆的现在，依然准确记得——几乎可以画下来——那家寿司店的老头儿长相。这大概意味那时的寿司实在太不好吃了，给了自己寒冷和痛楚。说起来，别人把我领去所谓可以吃到美味寿司的店里吃寿司，我觉得好吃的时候也一次没有过。太大了。我总是猜想对方怕是不能噗一声攥出拇指肚大小的寿司）。

她租住的是本所一个木匠家的二楼。我在这二楼毫不掩饰自己平时忧郁的心情，就好像牙齿剧痛袭来一样单手捂着腮帮吃茶。我的这副样子，好像反倒让她中意。感觉上她也是个完全独立无援的女子——周围冷风骤起，落叶狂飞。

一起躺下时她讲了她自己的事：她比我大两岁，老家在广岛。"我是有丈夫的哟，在广岛开理发馆来着。去年春天离家跑来东京。可他在东京不做正经事。一来二去被以诈骗罪起诉了，进了监狱。我每天都探监送这个送那个。从明天开始算了！"不知什么原因，我这人对女人的身世提不起半点儿兴致。加上她的述说方式大概欠火候，或者因为话的重点不对头，反正我总是把她的话当耳旁风。

较之关于身世的千言万语，我期待的更是一句窃窃私语，断定那更能引起共鸣。然而我一次也没从世上的女人那里听到过。想来也真是奇怪得很费解得很。不过,这个女子尽管没用语言说出"寂寞"，但其身体轮廓好像拥有一寸来宽的气流一样拥有无声的极度寂寞。每次靠上前去，我的身体都同样被那气流围拢起来，同自己身上不无刁钻的阴郁气流完全融合在一起，一如"附在水底石块上的枯叶"，我的身体得以从恐惧和不安中脱离开来。

而且这和在那白痴妓女们的被窝中酣然大睡的感觉完全不同（不说别的，那些妓女们都不知愁）。同诈骗罪犯人之妻度过的这一夜，对于我是被解放的、幸福的（毫不犹豫地肯定和使用这么夸张的字眼，自以为在我的整个手札中没有第二次）夜晚。

然而仅仅一夜。早上醒来一跃而起，我又成了原来那个轻薄、伪装的逢场作戏者。胆小鬼连幸福都怕。棉花可以扎伤人，被幸福伤害的事也是有的。趁着还没受伤，我想尽快直接分手，遂用那逢场作戏的戏谑烟幕把自己遮挡起来。

"常言说钱尽即缘尽。这个嘛，解释反了。意思不是说钱没了就被女人甩了。而是说男人没了钱，就自行心灰心冷，一蹶不振，笑声都没了气力。而且分外乖僻，最后破罐破摔，男方将女方甩掉——半发疯似的甩啊甩啊，直到甩掉。金泽大辞林上面说够可怜的。我也明白那种心情。"

记忆中是好像说了这番傻话，逗得恒子忍不住笑了。久居不宜，危险在即。脸也没洗我就匆匆离开了。而自己当时那句"钱尽即缘尽"的胡话，后来招来了意想不到的麻烦。

往下一个月，我没有见那位一夜恩人。分手后随着时间的推移，欢喜渐渐淡薄，偶尔受到的恩惠反而让我无端地惶恐，自以为是地觉得它严重束缚了自己。甚至酒吧那次结账——当时全部让恒子负担的俗事也让自己开始耿耿于怀。觉得恒子也和房东姑娘、和那个女子高等师范生同样足以威胁自己。即使远远离开，也总是一味觉得怕恒子怕得不行，担心一旦和那个一起睡过觉的女子重逢，就会当即遭到她火冒三丈的怒斥，何况自己本来就懒得见人，因此愈发对银座敬而远之。不过，懒得这一习惯绝非自己的狡猾，而是因为我还没有完全琢磨透这一不可思议的现象：女人这东西，在睡过之后和早上起来之后这二者之间，找不出一丝一毫的联系，就好像彻底忘却一样把两个世界利利索索切割开来。

十一月末，我和堀木在神田一家露天小店里喝

便宜酒。离开小店之后,这个坏朋友提出再找地方喝去。两人本已没钱,却还是缠着喝、喝。当时也是因为喝醉变得胆大起来,就说:

"好,那么就领你到梦幻国去。可别吓着,名叫酒池肉林……"

"酒馆?"

"是的。"

"开路!"

如此这般,两人上了市营电车,堀木撒起野来:

"今晚我正馋女人,吻一口女招待也可以的?"

我不大喜欢堀木醉酒失态,堀木也知道这点,于是这样叮问自己。

"可不可以?就是要接吻!一定吻一口身旁坐着的女招待给你看。行吗?"

"不碍事吧!"

"多谢!对女人我可是又饥又渴。"

在银座四丁目下了车,我把恒子当作救命稻草,身无分文地走进名叫酒池肉林的大酒馆。和堀木在一间空着的包厢里刚一落座,恒子和另一个女招待就跑了过来。另一个女招待坐在自己身旁，恒子一屁股坐在堀木身边。我心中一惊——恒子要被接吻。

并非出于惋惜的心情。我身上本来就很少有占有欲那个东西。何况，就算偶尔略感惋惜，也没有气力断然主张所有权和别人争执。以致后来甚至眼看着自己实际上的妻子被人强暴而默不作声。

我尽可能回避同别人发生摩擦。生怕卷进那个漩涡。恒子和我只是一夜之交。恒子又不是自己的，应该不怀有惋惜等自作多情的欲念。尽管如此，我还是吃了一惊。

这是因为我感到不忍，恒子在自己眼皮底下接受堀木突如其来的吻。被堀木玷污的恒子势必同自己分手。而自己也没有足够挽留她的渴望。啊，这回完了！尽管我为恒子的不幸一下子惊呆了，但很快像流水一样轻易了断，笑嘻嘻轮流看着堀木和恒子。

然而事态实在出人意料地朝更坏的方向发展。

"算了！"堀木扭歪嘴巴说，"就算是我，对这么寒碜的女人也……"

堀木十分无奈地合拢双臂,贼溜溜看着恒子苦笑。

"上酒。没有钱的。"

我小声对恒子说。作为心情,这回我可真要泡进酒池一般大喝一通。恒子不过是个甚至不值得醉汉接吻的穷困潦倒的女人罢了——我觉得意外、纯属意外地受到了晴天霹雳般的打击。我破例大喝特喝,喝了又喝,喝得酩酊大醉,和恒子相视而笑,悲戚的笑。那么说来,这家伙的确是分外疲惫的一副穷酸相的女人啊!我这么想道。与此同时,彼此无钱的亲和(如今我想,贫富不和虽然说法似乎迂腐,但毕竟是戏剧一个永远的主题)、这个女人带来的亲和感涌上心头。恒子是可爱的——有生以来此时第一次意识到微弱而又积极主动的爱恋之心。我吐了。人事不省。喝酒醉到人事不省的地步,此时也是第一次。

睁眼醒来,枕边坐着恒子。躺在本所木匠家的二楼房间里。

"你说钱尽即缘尽,以为你是开玩笑呢,原来是真的?竟然再也不来了。让人心烦的缘尽啊!我挣钱给你也不成?"

"不成。"

往下,她也躺下了。天亮的时候,她嘴里第一次吐出个"死"字。一来,对方看上去已对作为人的活动疲惫不堪;二来,想到自己对人世的恐惧、烦恼、钱、那个运动、女人、学业,我也很难再坚持活下去。于是轻易同意了她的建议。

然而,那时还没有作为实感的"死"这一精神准备。

那天上午,两人在浅草六区游逛。走进饮食店喝了牛奶。

"你来付!"

我站起从袖口掏出钱夹。打开一看:三枚铜板!比羞耻还要严重的凄惨感袭上心来。脑海里随即浮现出的,只有剩在游仙馆自己房间里的校服和被褥。冷冷清清的房间里此外再无任何可以典当的东西。顶多有自己现在穿着行走的碎花点和服、大衣。这就是自己的现实。我清楚得知无法活下去了。

见我犹犹豫豫，她也站起身来。往我钱夹里一看：

"哎哟，就那点儿？"

虽是无心出口的语声，但同样是刻骨铭心的痛感。正因为是自己初次爱恋之人的声音，也就格外痛。无所谓这点儿那点儿，三枚铜板根本就不是钱，而是我迄今从未品尝过的奇异的屈辱，一种绝不容我活下去的屈辱。说到底，那时的自己还没有从富家少爷那一属性中完全脱离出来。我当即作为实感下了决心：主动一死了之！

那天夜里我们跳进镰仓的海里。她说衣带是借酒馆朋友的，就解下衣带叠好放在岩石上。我也脱掉大衣放在同一位置，一起跳入水中。

女的死了。我一人获救。

我是高中生，加上父亲的名字大概多少有新闻效应，结果报纸也似乎作为相当大的问题报道出来。

我被送进海边一家医院，老家来了一个亲戚，这个那个处理一番。临回去时对我说：父亲等全家人正在气头上，说不定从此会和家人断绝关系。不过相比之下，我更怀念死去的恒子，抽抽搭搭哭个不止。说实话，过去接触的人里边，我只喜欢那个寒酸的恒子。

房东女儿寄来了一连有五十首短歌①的长信。清一色是以"活下去为我"这句文理不通的语句开头的短歌，五十首。另外，护士们有说有笑地来我的病房玩，有的护士临走还紧紧握了一下我的手。

医院发现我的左肺有毛病，这对我成了十分有利的好事。不久我被以"帮助自杀罪"的罪名领去警察署，在那里被作为病人看待，破例留在保护室里。

深夜时分，在保护室隔壁的值班室里值夜班的年老警察轻轻打开隔墙门扇。

"喂！"他朝我打招呼，"冷吧？到这边来，烤火！"

我故意垂头丧气地走进值班室，坐在椅子上对

---

① 日文传统诗歌的一种，由五句三十一个字（音）构成。

着火盆烤火。

"还是想死去的女人吧？"

"是。"我用像要杳然消失般分外细弱的语声回答。

"那就是常说的人情。"他逐渐摆出架子。"第一次和那女人结合是在哪里？"

对方几乎像法官一样煞有介事地盘问。他把我当作小孩子欺侮，为了打发秋夜的无聊，俨然他本人是审问主任，企图从我口中套出色情意味的感怀。我当即觉察出来，真怕自己扑哧笑出，拼命忍住。对警察这种"非正式审讯"可以概不回答这点，我也是知道的。但为了给这秋日深夜打趣助兴，我自始至终表现出像模像样的所谓诚意，仿佛对他是审讯主任、处罚轻重完全取决于他一念之差这点坚信不疑。因而适当"陈述"起来，以便多少满足他对男女情事的好奇心。

"噢，这样就大体明白了。只要你无论什么都老实回答，我们也好从轻发落。"

"谢谢，拜托了！"

演技几乎出神入化。不过这出色表演并没有为自己带来半点儿好处。

天亮了,我被署长叫去。这回是正式审讯。

开门一进署长室,署长劈头一句:

"嗬,帅小伙子!这个嘛,不是你的错,错的是生出帅小伙子的老妈!"

署长还很年轻,皮肤微黑,感觉像是大学毕业生。被他这么一说,心情一落千丈,就好像自己是半边脸满是红斑的丑陋的残疾人。

这位仿佛柔道或剑道选手的署长的审讯,委实轻描淡写,同深夜的老巡警那偷偷摸摸、刨根问底的好色"审讯"有天壤之别。审讯完了,署长一边写送检文件一边说:

"身体要弄壮实些才行啊,好像咯血了嘛!"

那天早上莫名其妙地咳嗽。每次咳嗽我都用手帕捂嘴,结果手帕像落下红色雨雪似的染上了血。那不是从喉咙里出的血,而是昨晚把耳朵下面的小脓包捅破了出的血。但我蓦然觉得还是不挑明于己有利。

"是。"我低眉垂首，正正经经地回答。

署长写罢文件说道：

"是否起诉，是检察官大人决定的事。不过你最好给你的身份担保人打个电报或电话，求他今天来横滨检察院一趟。那人有的吧？你的监护人或保证人什么的……"

我想起来了，有个经常出入父亲东京别墅的姓涩田的书画古董商是自己上学的担保人。和我们是同乡，长得敦敦实实，也充当过给父亲"吹喇叭抬轿子"那样的角色。此人的脸庞、尤其眼神和比目鱼相像，父亲总是叫他比目鱼。我也那么叫惯了。

我借用警察署的电话，查找比目鱼家电话号码。找到了，就给比目鱼打电话，求他来横滨检察院一次。比目鱼口气傲慢，和以前判若两人。但不管怎样，反正答应下来。

"喂，那电话机、最好马上消毒！毕竟咯血了！"

重新撤回保护室后，署长那么吩咐警员的粗声大气传来坐在保护室的我的耳畔。

偏午时分，我被细麻绳绑着身体——倒是允

许用大衣遮挡——麻绳一端由一个年轻警察紧紧攥着，两人一同坐火车去横滨。

不过，我没有一丝一毫的不安，警察署的保护室也好老巡警也好都让人感到亲切。啊，自己怎么会这样呢——被作为犯人捆绑起来，反而身心放松，镇定自若。即使现在写起来，当时的记忆也让我觉得悠然自得。

但是，那期间令人怀念的记忆当中，也有——只有一个——让我终生无法忘记的浑身冷汗淋漓的悲惨遭遇。我在检察院一个昏暗的房间里接受检察官简单的讯问。检察官似乎是个四十岁左右文静的（假如说自己长得漂亮，那也无疑是所谓邪恶的漂亮。而检察官的长相则不妨说是纯正的漂亮。漂亮中带有聪颖的静谧韵味）、不猥琐的人。我也全然没有戒心，怔怔陈述。突然咳嗽起来。我从袖口里掏出手帕，蓦然看上面的血。我启动一个阴暗的念头：这咳嗽没准也能产生某种作用。吭、吭，我夸张地加了两三声假咳，用手帕捂住嘴，瞥了一眼检察官。就在一瞥那一瞬间，检察官静静微笑着问道：

"可是真的？"

一身冷汗。不，不止，现在想起都天旋地转。初中时代被那个傻瓜蛋竹一说出"故意、故意"而顿觉从背后将自己一脚踢入地狱——感觉上即使说比那时的感受还要严重也绝不为过。那次加上这次，是自己一生中演技大失水准的惨败记录。有时甚至觉得，较之遭遇检察官那般文静优雅的侮辱，索性被宣判十年刑期会更好受一些。

最后免于起诉。然而我全然高兴不起来，以无比惨痛的心情坐在检察院休息室的长凳上等待担保人比目鱼的到来。

从背后的高窗可以望见满是火烧云的晚空，海鸥以"女"字形状飞了过去。

第三篇　手札

一

竹一的预言,一个言中了,一个落空了。不光彩的预言言中了,肯定成为了不起的画家那个祝福性预言落空了。

我勉强当上了一家粗俗杂志默默无闻的下手漫画家。

由于镰仓事件,我被高中开除了。我在比目鱼家二楼一个三张榻榻米大小房间里起居。老家似乎月月寄来款额极小的钱,而且不是直接寄给我,而是悄悄寄到比目鱼那里(那还是老家的兄长们瞒着父亲寄来的)。从此往后,同老家的联系彻底中断。比目鱼总是一脸不快。我讨好地笑,他也不笑。人这东西居然能够如此轻易、正可谓易如反掌地发生变化，变得判若两人。我觉得相当卑劣，或者莫如说感到滑稽。

"不能出去。反正请别出去！"我一再对自己这么说。

比目鱼大概估计我有自杀可能。就是说，他看出我有追随那个女人再次跳海的危险，严格禁止我外出。可我一不能喝酒二不能吸烟，只能从早到晚钻在二楼三张榻榻米房间的被炉里看旧杂志——这个形同傻子的我就连自杀的气力也失去了。

比目鱼的房子位于大久保医专附近，书画古董商、青龙园等招牌文字倒是相当气派，但那是一栋两户中的一户，店门狭小，店内到处是灰，随手扔的垃圾左一堆右一堆（不过，比目鱼并不靠店里的垃圾做买卖。他好像是靠中介赚钱：把这边店主秘藏之物的所有权转让给那边店主，乐此不疲）。比目鱼几乎不坐在店里，一般一大早就阴沉着脸匆匆出门，留一个十七八岁的小伙计在家，就是说小伙计是我的监督者。只要有时间，他就同附近的孩子们在外面玩投接球游戏什么的。即使这样，也还是好像把二楼的食客当作傻瓜蛋或疯子，以大人语气对我来一通说教。我生性和别人争执不得，于是做出既像疲惫又像钦佩的神情侧耳倾听表示顺从。这小伙计是涩田的私生子。而这也有莫名其妙的原因，涩田没有让他姓自己的姓。并且，涩田一直单身也似乎有这方面的原因。我也觉得以前好像从自己家人口中多少听得有关的传闻。但我对别人的身世没多少兴趣，深入情由一无所知。不过，小伙计的眼神里有让人联想到比目鱼的微妙地方，所以真有可能是比目鱼的私生子……可是，如果真是那样，这对父子也真够寂寞的了——有时深更半夜，两人要来荞面条等外卖饭一声不响地吃着。

比目鱼家里，饭总是小伙计做。只有二楼食客的饭食，另外放在食盘里由小伙计一日三次端来二楼。而比目鱼和小伙计则在楼梯下四张半榻榻米房间里伴随着碟碗丁零相碰的声音匆匆吃完了事。

三月末一个傍晚，比目鱼大概得了一笔意外之财，或者另有什么计谋（即使这两个都猜中了，恐怕也还是另有若干自己横竖揣度不出的细小原由），我被请到楼下难得配有酒壶的餐桌。面对并非比目鱼的金枪鱼生切片,宴会的主人亲自感佩赞赏一番。然后也劝我这个吃闲饭的喝了一点酒。

"到底打算做什么呢?往下?"

我没有回答。从桌上的盘子里抓起小沙丁鱼干,注视那些小鱼的银色眼睛,一时醉意朦胧,怀念起到处游来逛去那段时光。就连堀木也令人怀念。我是那么渴望"自由",险些吞声哭泣。

来到这户人家之后,我连逢场作戏的劲头也没有了,只是在比目鱼和小伙计的蔑视中苟且偷生。看样子比目鱼方面也回避和我开怀畅谈。我就更没心思追着比目鱼诉求什么。我差不多彻底成了一脸傻气的食客。

"免予起诉这东西,看来不至于让你成为前科犯什么的。所以,只要你有决心,就可获得新生。如果你洗心革面,认真地主动找我商量,我也会考虑的。"

比目鱼的说话方式,不,世间所有人的说话方式,无不这么虚实莫辨扑朔迷离,有一种不妨说是时刻准备溜走的微妙的复杂性。对那种差不多全都多此一举的严重戒备和可谓数不胜数的烦人伎俩，我总是困惑不解，觉得百无不可，或者逢场作戏蒙混过关，或者采取默默点头一切听之任之的消极态度。

许多年后我才明白，假如这时比目鱼像下面这样单刀直入，问题马上就能迎刃而解。比目鱼那多余的戒心，不，世上所有人那莫名其妙的虚荣心和虚与委蛇，实在让我郁闷不堪。

比目鱼当时如果这么说就好了：

"官立也罢私立也罢，反正从四月开始找学校上学去！你的生活费，上学后老家会充分寄来。"

很久之后我得知，事实就是这样子。那一来，我也会言听计从。然而由于比目鱼格外瞻前顾后拐弯抹角，致使事情节外生枝，自己的人生方向急转直下。

"若是你没有认真和我商量的心情，自是奈何不得……"

"商量什么？"我完全摸不着头脑。

"那是你肚子里的事吧?"

"比如说?"

"比如说?比如你本身往后的打算。"

"最好干活去?"

"啊,你的心情到底是怎样的?"

"可是,就算说上学……"

"那个嘛,钱是需要的。但,钱不是问题。问题是你的心情。"

钱从老家寄来——这一句他为什么就不出口呢?只此一句,自己的心情即可落定。然而我如坠五里云雾。

"怎么样?可有或者可以称作将来的希望那样的东西?说到底,照顾一个人是多么艰难的事情——被照顾的人想必是体会不出的。"

"对不起。"

"这个嘛,确实叫我担心。作为我,既然答应了照顾你,那么就不愿意你的心情模棱两可。而希望你表现出坚定走新生之路那样的觉悟。比如说,如果你就自己将来的方针认真找我商量的话,那么我也是打算配合的。反正那是穷比目鱼的援助,指望像以前大手大脚,势必大失所望。但是,如果你的心情认认真真,坚定确立将来的方针,并且跟我商量,那么即使微乎其微,我也想为你的新生助一臂之力。明白吗?往下你到底打算怎么办呢?"

"如果不能让我住这二楼,我就干活……"

"那么说可当真?眼下这世道,哪怕从帝国大学校出来……"

"不,我不是要当挣工资的人。"

"那么当什么?"

"画家。"我断然说道。

"哦?"

我无法忘记当时缩起脖子笑的比目鱼脸上那般狡黠的暗影。那既像轻蔑的阴影又有所不同,若把人也比作大海,那么大海的千寻深处有可能荡漾那样奇妙的暗影——便是让我仿佛一闪窥见大人生活底层的笑。

比目鱼说我那么说是无从谈起的,心情根本就不坚定,想想去,今晚好好想一晚上!于是我像被赶走似的爬上二楼。躺下也没什么想法浮上心头。天快亮的时候,我从比目鱼家逃了出来。

傍晚保准回来,去左边写的朋友那里商量将来的方针,请别担心,真的。

我用铅笔在便笺上这么大大地写道。随后写上浅草堀木正雄的住址姓名,悄悄离开比目鱼的家。

并不是因为被比目鱼的说教说得懊恼才逃走的。正如比目鱼所说,自己的心情还不坚定,将来的方针也好什么也好全都稀里糊涂。再说,老给比目鱼家添麻烦,比目鱼也够可怜的。一来二去,纵使自己立志发愤图强,也还是要由穷比目鱼援助新生资金。想到这点,心里非常难受,坐立不安。

不过,我并不是真想找堀木那样的人商量"将来的方针"而离开比目鱼家的。那只是想让比目鱼多多少少——哪怕转瞬之间——放下心来(与其说出于自己想趁机逃远一点儿那种侦探小说式的策略而写那条留言纸条的,莫如说——那种心情隐隐约约肯定是有的——相比之下,自己害怕马上给比目鱼一击而使得他惶惶然不知所措。或许这么说多少算是正确的。迟早要真相大白,却怕实话实说,必做某种粉饰——这是我的可悲习惯之一。虽然这类似世人称为"扯谎"而加以鄙视的性格,但我几乎不曾为自己捞取好处而文过饰非。就算我明知自己只是窒息般害怕气氛突然冷却之变并清楚事后对自己不利,自己也还是要以那种"殊死的服务行为"——纵然那是扭曲的、微弱的、傻里傻气的——那种服务精神而粉饰一句,我觉得这种情况是不算少的。可是,这一习性也被世间所谓"正直者"大大地利用了。)当时不过是把从记忆底层倏然闪出的堀木的地址姓名直接写在便笺边上罢了。

  我离开比目鱼家,走到新宿。卖掉怀里的书,还是一筹莫展。我对谁都很友善,但实际感受"友谊"却一次也不曾有过。堀木那样的玩伴儿另当别论,所有交往都只是让我觉得痛苦,为了缓解那种痛苦而拼命做戏搞笑,反而落得心力交瘁。在路上见到多少认识之人的面孔——就连相像的面孔——也心里一惊,刹那间有一种近乎头晕目眩的恼人战栗袭上身来。被人喜欢这点固然晓得,而爱别人的能力却似乎有所欠缺（不过，我对于世人是否真有"爱"的能力是怀有很大疑问的）。这样的我不可能结交所谓"挚友"。何况，自己身上连"访问"的能力都不具备。他人的家门，对于我，比《神曲》[①]中的地狱之门还要可怕，觉得那门内有恶龙般浑身一股腥味的怪兽蠢蠢欲动——不是夸张，我实际感觉出了那种动静。

和谁都没有交往。哪里都探访不成。

堀木。

这可真是弄假成真了。一如留言条写的，我决定去探访堀木。以前我从未主动去过堀木的家。一般都是用电报叫来自己这边。而现在甚至打电报的钱都没把握。再说，穷困潦倒之身的乖戾感又让我担心光打电报未必能使堀木出来。于是决心实施自己最不擅长的"访问"。我叹息一声坐上市营电车。得知这世上自己的唯一救命稻草竟是堀木，一种仿佛脊背发凉的凄凉感席卷而来。

[①] 意大利诗人但丁（Dante Alighieri,1265—1321）的经典长诗。

堀木在家。家在一条脏污小巷的尽头,二层楼。堀木使用二楼仅有的一个六张榻榻米房间。楼下那里,堀木年迈的父母和三个年轻的工匠或缝或敲敲打打做木屐带。

堀木那天让我见识了他作为城里人崭新的一面。那就是俗话说的不吃亏。冷酷、狡黠、自私,让我这个乡下人看得目瞪口呆。原来他不是我这种一味倾泻不止的人。

"你真是让我意想不到。老爷子放话原谅了,还是没有?"

我不好说是逃出来的。

我照例支吾过去了。明知马上就会被堀木察觉,但还是没说实话。

"总会有结果的。"

"喂,这不能开玩笑!劝你一句,荒唐事也该适可而止了。今天我可是有事。近来忙得昏天黑地。"

"事?什么事?"

"喂喂,别把坐垫细绳扯断了!"

我一边说话，一边下意识地用指尖摆弄屁股下的坐垫四角那璎珞似的细绳中的一条——不知是用来缝坐垫的还是捆坐垫的——有时猛地拉扯一下。看样子，若是堀木家的东西，哪怕坐垫一条细绳，堀木也珍惜得很，毫无愧色地、正可谓横眉怒目地责备起来。回想之下，以前同自己交往当中，堀木什么都没有失去过。

堀木的老母亲把两碗年糕小豆汤放在托盘里端了上来。

"啊，这……"堀木像个真心实意的孝子似的对着母亲诚惶诚恐，措词也客气得有些不自然："对不起，年糕小豆汤？太奢侈了！本来不需要这么费心的，这就要出门办事的嘛！不过也好，您最拿手的年糕小豆汤，不吃实在可惜，我就不客气了。怎么样，你也来一碗，老妈特意做的。啊，这东西，好吃啊！奢侈啊！"

说着，堀木乐不可支地——倒也不完全像演戏——吃得津津有味。我已啜了一口。有汤的味道。一吃年糕，原来不是年糕，是自己不知道的东西。

我绝不是瞧不起贫穷（当时我没有觉得不好吃，老太太的一片心意也让我感动。我固然有对贫穷的恐惧感，至于轻蔑感，自以为是没有的）。通过这碗年糕小豆汤、通过为年糕小豆汤高兴的堀木，我得以见到了城里人节俭的本性，以及将内外明确区分开来的东京人家庭的实际场景。只有我这个内外不分、只知道一味逃避人世生活的浅薄的傻瓜蛋被彻底抛在一边，连堀木也弃之不理——这样的感触让我狼狈起来，手拿吃年糕小豆汤用的掉漆筷子，只想把心头无可忍受的凄寂记载下来。

"抱歉，我今天有事。"堀木站起，边穿衣服边说，"失陪了，抱歉抱歉。"

这时，有一位女来访者找堀木。我的人生也急转直下。

堀木顿时活跃起来。

"哎呀，对不起，本来正想登门拜访呢！不料这个人突然来了。啊，不必管他。请、请请！"

堀木显得相当慌张。我让出自己坐的坐垫翻过来递过去。他一把拉过，又翻过来，劝那女子落座。

除了堀木坐的,房间里只有一个坐垫。

女子瘦削,高个头。她拨开坐垫,在靠门旁的角落坐下。

我怅怅听两人交谈。女子似乎是杂志社的,大概早就托过堀木画插图什么的,今天来取。

"急用。"

"出来了,早就画出来了。这就是,请。"

电报来了。

堀木看完,那张兴奋的脸眼看着狰狞起来:

"哦?你、这、这是怎么回事?"

比目鱼打来的电报。

"反正马上回去!能送你回去就好了,可我现在没工夫。离家出走,还那么一副满不在乎的样子!"

"家住哪里?"

"大久保。"我随口应道。

"那么,离社里很近。"

女子说她是甲州人,二十八岁了。有个五岁的女儿,住在高圆寺一座公寓里。丈夫去世三年了。

"你成长当中好像吃了不少苦头。人够机灵的!可怜!"

我第一次过男妾那样的生活。静子(这个女记者的名字)去新宿一家杂志社上班后,我、还有名叫茂子的五岁女儿,两人乖乖在家看家。这以前,母亲不在时间里,茂子好像在公寓管理人的房间里玩。现在由于"机灵"的叔叔作为玩伴儿出现了,显得大为兴奋。

我在那里茫然住了一个来星期。离公寓窗口很近的电线上缠绕着一个持枪武士家奴形状的风筝,被夹带风沙的春风刮破了。但仍然不屈不挠地赖在电线上不肯离开,一下下点着头。每次看了,我都苦笑、脸红,甚至做梦魇住。

"需要钱啊!"

"……大致多少?"

"很多……钱尽即缘尽,真的。"

"傻气!那么陈腐的……"

"陈腐?可你不懂。这样子下去,没准我又逃走。"

"到底谁穷？谁逃跑？怪事！"

"我想自己挣钱，用那个钱买酒，不，买烟。就说画画吧，我以为比那个堀木不知强多少倍！"

这种时候，我脑海里自然而然浮现出来的，是初中时代画的几张竹一所说的"妖怪画"的自画像。丢失的杰作。一次又一次搬家时间里丢失不见了。我觉得那的确是优秀作品。那以后也这样那样画了不少，但都远远比不上记忆中的杰作。我总是受困于倦慵的失落感，就像心里开了一个大洞。

没喝完的一杯苦艾酒。

我这样悄然形容永远难以补偿般的失落感。提起画画，我眼前一闪而过的，便是那杯没喝完的苦艾酒。啊，真想让她看一眼那些画，让她相信自己的绘画才华，这种焦躁感让我坐立不安。

"嚄，是不是呢？你一本正经开玩笑的样子真是可爱！"

不是开玩笑，是真的。啊，真想让她一睹为快。我徒然烦恼不已。蓦地，我念头一转：

"漫画，漫画我自以为至少比堀木好。"

这逢场作戏的蒙混说法,反而让她信以为真。

"是啊,其实我也很佩服的。为茂子画的漫画,我看了都禁不住笑。试试看?我可以求求社里的总编。"

那家杂志社,出版发行一种面向孩子的不很有名的月刊。

……看见你,差不多所有的女人都恨不得为你做点什么……老是战战兢兢,却又是搞笑能手……时而独自闷闷不乐。但那样子更让女人心里痒痒的。

此外这个那个还给静子说了好多。就算是抬举我,我也认为那是男妾龌龊的特质。想到这里,我愈发闷闷不乐,丝毫打不起精神。金钱重于女人。尽管我悄悄盘算逃离静子而自己养活自己,结果却落到越来越依赖静子的地步。出走的善后处理也好什么也好,几乎全都接受这个胜过男人的甲州女子的关照,致使自己更加"战战兢兢"起来。

由于静子的周旋,比目鱼、堀木,加上静子,三人会谈成功。我同老家彻底断绝关系,跟静子"光明正大"同居。同样由于静子的奔波,我的漫画意外变成了钱,用那笔钱买了酒也买了烟。而我的心虚、郁闷却与日俱增。这才叫"闷闷不乐"加"闷闷不乐"。一次为静子的杂志画每月连载漫画《金太与雄太历险记》的过程中,蓦然想起故乡的家,极度凄寂之下,笔竟动不得了,只顾低头落泪。

对于那种时候的我,唯一的救生圈就是静子。到了那时,静子无所顾忌地称我为"孩子她爸"。

"孩子她爸,听说祈祷什么,神明就给什么,当真?"

真想祈祷的,正是我自己。

啊,给我以冷酷的意志!让我得知"人"的本质!人排挤人岂是罪过!给我以愤怒的面具!

"唔,对了,对茂子,神明或许什么都给,可对爸爸怕是不灵的。"

甚至对神我也怕。不能相信神的爱,只相信神的罚。信仰。我觉得自己正低头向审判台走去以便接受神的鞭打。纵然相信地狱,也绝不相信天堂的存在。

"为什么不灵?"

"因为不听父母的话。"

"是吗?大家都说爸爸真是个好人。"

那是因为被欺骗了。公寓里的人都对自己表示好感,这我也知道。可我是多么怕大家啊!越怕越被喜欢,越被喜欢我越怕,越离不开大家——把这不幸的病癖解释给静子听,实在再难不过。

"茂子,你到底想求神什么呢?"我若无其事地转换话头。

"茂子嘛,茂子想要她真正的爸爸。"

我吃了一惊,一阵眩晕。仇敌。自己是静子的仇敌?茂子是自己的仇敌?反正这里也有威胁自己的可怕的大人。他人,不可理解的他人,全是秘密的他人——看上去,茂子的脸陡然变成了这副样子。

本以为只有茂子例外,然而她也有一条"突然打死牛虻的牛尾巴"。自那以来,我甚至对茂子也提心吊胆。

"色魔!在吗?"

堀木又开始跑来自己这里了。我出走那天他是那样冷落我,可我还是不能拒绝,微微笑着相迎。

"听说你的漫画很有人气嘛！业余新手都有不知天高地厚的臭胆量啊！不过当心，素描可是完全不成样子的。"

堀木甚至流露出俨然师傅的态度。若是我给这家伙看那"妖怪"画，会是怎样的脸色呢？我一边忍受那种徒劳的内心挣扎一边说：

"别那么说话！再说我会哇一声大哭的。"

堀木愈发洋洋得意：

"光靠混世的本事，迟早要出乖露丑。"

混世的本事……我实在只有苦笑了，我有混世的本事！不过，像我这样怕人躲人得过且过，莫非和遵奉俗话所说的"你不惹神神不惹你"那种八面玲珑的处世格言之人如出一辙不成？啊，人互相之间真是太不了解对方了。明明看上去截然不同，却引以为独一无二的好友。说不定一辈子都浑然不觉。对方死了，哭着念悼词都有可能。

堀木算是（虽然肯定是在静子死缠活磨之下勉强答应的）自己出走善后处理的见证人，所以拉出一副俨然帮助自己走向新生的大恩人或月下老人的架势，煞有介事地对我指手画脚，或者深更半夜喝得烂醉跑来住下，又或者借得五元（必定五元）扬长而去。

"不过，你的拈花戏草也该到此为止了吧？再这样下去，人世可是不允许的。"

人世究竟指的什么？人的复数？哪里有人世那个东西的实体呢？这以前我一直以为那是强大、严肃、可怕的东西，而经堀木这么一说，"人世不就是你吗？"这句话忽然涌上舌尖。但我不愿意惹堀木生气，又咽了回去。

（人世可是不允许的！）

（不是人世，是你不允许吧？）

（你那么干，人世要给你颜色看的！）

（不是人世，是你吧？）

（马上就被人世埋葬！）

（不是人世，埋葬的是你吧？）

你要知道你这个人的可怖、怪异、毒辣、老狐狸性、妖婆性！这种种样样的话语在胸中来来去去，但我只是用手帕揩脸上的汗，笑道：

"冷汗,冷汗!"

但自那以来,我开始有了"人世不就是个人吗?"这一颇有思想意味的想法。

而且,开始心想人世就是个人之后,比之过去,我多少能以自己的意志行动了。借用静子的话说,有点我行我素了,不再战战兢兢了。借用堀木的话说,莫名其妙变得小气了。再借茂子的话说,不那么疼爱茂子了。

我不说话,不笑,成天每日在守护茂子的同时,一心为赚酒钱而应各个出版社之约(除了静子的社,别的社也一点一点开始约稿了。清一色是比静子的社还要下流的三流出版社)慢慢悠悠(我属于绘画运笔非常慢的)画什么《金太和雄太历险记》、什么显然模仿《快乐爸爸》的《快乐和尚》、什么《急猴小平》等连自己都不知所云的破烂标题连载漫画。等静子从社里下班回来,我就一闪交替出门,在高圆寺车站附近的露天酒吧里喝又便宜又厉害的酒,多少带着兴奋的情绪返回公寓。

"你啊,越看脸越怪。快乐和尚的脸,其实就是从你的睡相得到启发的。"

"你的睡相也老得够可以的了,活像四十岁男人!"

"都怪你,你给吸干了。流水落花人去也,河边杨柳为谁愁!"

"别闹了,快睡快睡!或者说要吃饭?"

静子沉着冷静,根本不唱和。

"酒倒是想喝。流水落花人去也啊,流水落花啊水去也啊……"

一边唱一边由静子脱去衣服,额头贴静子胸前睡了过去。这就是我的日常生活。

明日也是同样的事周而复始
尽管依照昨日惯例乖乖行事
也就是说只要避开狂欢狂喜
自然不会有大悲大痛找到你
挡住去路的绊脚石
蟾蜍避之绕之

发现上田敏①翻译的查尔·柯娄②的以上诗句，脸上不由得像着火似的红了起来。

蟾蜍。

（那就是自己。无所谓世人允许不允许，无所谓埋葬不埋葬。自己是比狗比猫还要劣等的动物。蟾蜍，只会蠢蠢蠕动。）

我的酒量增加了。不但高圆寺附近，而且喝到新宿、银座那边，甚至夜不归宿。为了不依照"惯例"行事，我在酒吧里或做出无赖汉的举止，或一个吻接一个吻。也就是说，我又像那次殉情以前那样，不，比那时还厉害地胡乱喝酒。没钱了，甚至把静子的衣物拿出门去。

自从来这里对那个破损的持枪武士家奴风筝苦笑以来，已有一年过去了。叶樱开花时节，我再次把静子的和服腰带和短褂什么的拿去当铺，换钱在银座喝酒，连续两晚夜不归宿。第三天到底觉得不

---

① 1874—1916，日本诗人、文艺评论家。
② Cros·Guy·Charles（1879—1956）法国诗人。

好意思,下意识地蹑手蹑脚来到公寓静子房间前面,听得里面传出静子和茂子说话的声音。

"为什么喝酒?"

"爸爸嘛,不是想喝酒才喝的哟!他人太好了,所以……"

"好人就喝酒的?"

"倒也不是……"

"爸爸肯定吓一跳吧?"

"也许觉得有趣。喏,喏,从箱子里跳出来了!"

"活像急猴小平。"

"是啊!"

我把门打开一条小缝一看,是小白兔。小白兔在房间里轻快地蹦蹦跳跳,母女两个追着玩儿。

(幸福啊,这两个人。我这个蠢货闯入两人中间,马上就把两人搅得一塌糊涂。朴实无华的幸福。一对好母女。啊,如果我这样的人的祈祷神也能听见,那么我要为她们祈福一次,一生仅此一次。)

我真想蹲在那里合掌祈祷。我轻轻关上门,重新去了银座,再没返回那座公寓。

这么着，我在京桥附近一家立饮酒吧的二楼，再次躺躺歪歪过起了男妾生活。

人世。我也好像朦朦胧胧开始明白了人世这个东西。个人与个人的争斗，尤其是当场争斗，最好当场取胜。人绝不可能服从人。就连奴隶也会以奴隶特有的方式进行卑微的报复。因此，作为策略，人只有依赖当场一决胜负才能活下去。即使口称什么大义名分，瞄准的目标也必定是个人，跨过一个又一个。世人的费解，个人的费解。汪洋大海不是人世，而是个人——我得以从惧怕人世这个大海幻影中多少解放出来，不再像过去那样这个那个担心得没完没了，而开始懂得应付当务之急，脸皮稍稍厚了起来。

我抛开高圆寺公寓，对京桥立饮酒吧的老板娘说：

"分手了！"

只此一句，胜负即见分晓。那夜我就粗暴地一头扎进那里的二楼。然而，本应可怕的"人世"什么危害也没加给我。我也没对"人世"做任何解释。

只要老板娘愿意就万事大吉。

我既像是那家酒吧的客人,又像是老板,既像是跑腿的,又像是亲戚——成了在旁人看来莫名其妙的存在。然而"人世"全然不以为怪。酒吧的常客们也一口一个"阿叶"叫我,亲切有加,还让我喝酒。

渐渐地,我对人世不再警惕了。开始认为人世这地方并非那般可怕的地方。换句话说,以前我的恐惧感似乎是被所谓"科学迷信"威胁所造成的——担忧春风中有几十万百日咳病菌、澡堂里有几十万能弄瞎眼睛的病菌、理发店里有几十万秃头病菌、省线车厢吊环有疥癣虫动来动去。不仅如此,还认为生鱼片和没烤熟的猪肉牛肉必定藏有绦虫、吸血虫等什么虫的虫卵,以及光脚走路时脚底板可能有小小的玻璃碎皮扎进来并在体内上蹿下跳戳坏眼珠失明等等,如此不一而足。诚然,有几十万之多的病菌浮游蠕动是"科学的"、正确的现象。而与此同时我也得知,只要对其存在置之不理,那么统统不过是同自己了不相关且即刻消失的"科学的幽灵"

罢了。假如饭盒里剩三个饭粒、一千万人每天各剩三粒，就等于白白扔掉几袋大米；或者一千万人每天节约一张擦鼻纸，就不知会省下多少纸浆——这类"科学统计"是多么威胁我啊！以致我每次剩一个饭粒、每擤一次鼻涕，都为浪费堆积如山的大米、堆积如山的纸浆所苦恼，觉得好像正在犯重罪似的黯然神伤。然而，那恰恰是"科学的谎言""统计的谎言""数字的谎言"。三个饭粒并非收集起来的东西，作为乘法除法应用题也分明是原始而低能的题目。程度上同计算没有灯的厕所的粪坑里人会多少次有一次单脚踩空掉下去、或者省线电气列车的出入口同月台边缘的空隙之间乘客多少人中会有几人失足掉下去——和计算这种概率同样傻气。虽说是完全可能发生的事，但骑厕所粪坑时踩空受伤的例子闻所未闻。想到把假说作为"科学事实"加以教育而自己又完全作为现实来接受并且为此心惊胆战的截至昨天的日记，我不由得想哑然失笑——也就是说，我便是这样一点一点理解了人世这个东西的实体。

话虽这么说，人这东西还是让我感到害怕。即使在酒吧见到客人，也非得先"咕嘟"一口喝完一杯酒不可。目睹恐怖！尽管如此，每晚我还是要来酒吧，像小孩子反而一把攥紧多少让他害怕的小动物一样，醉醺醺面对酒吧的客人鼓吹自己拙劣的艺术论。

漫画家。啊，自己是既无大喜又无大悲的无名漫画家！无论日后有多大的悲哀找到头上，我内心也还是想得到暴风骤雨般的巨大欢乐。然而我此刻的欢愉，不过是跟客人说废话和喝客人的酒罢了。

来京桥后，如此百无聊赖的生活差不多持续了一年。我的漫画也不限于面向儿童的杂志，而开始上了车站小卖店里卖的粗俗而猥琐的杂志。我以上司几太（谐音殉死未死）[①]这无比戏谑的笔名画污秽的裸体画，往里边插入《鲁拜集》[②]里的诗句：

[①] 二者日语发音相似。
[②] 波斯诗人奥玛 · 海亚姆（Omar Khayyam）的著名四行诗集。

我叫你别再做徒劳的祈祷
催泪的玩意儿统统扔掉
干一杯　只想所有的美好
多余的担忧　快快忘掉

用不安和恐怖威胁人的家伙
害怕自己犯下的弥天大罪
为防备死者的复仇
绞尽脑汁机关算尽

昨夜干杯我满心欢喜
今早醒来只有凄凉
奇怪　仅仅一夜
我的心情完全两样

什么作祟和报应　快别想了
就像远方传来的鼓声
那是莫可言喻的不安
放个屁都要一一治罪如何受得了

你说正义是人生的指针?
那血染的战场
那刺客的刀尖
可有正义的光芒?

何处有指导原理?
哪里有智慧之光?
美丽而可怖的尘世
背不动的重物压在弱儿之身

只因被种下无可奈何的情欲种子
便招来善恶罪罚声声诅咒
一筹莫展　惶惶不可终日
只因未被授予反击的力量和意志

曾在何处如何彷徨?
什么批评　检讨　反思?
空幻的梦　根本不存在的幻影
全是子虚乌有　只因忘了酒

怎么样 请看这广阔无垠的天空
都不过是空中飘浮的尘埃
不知道这地球为何自转
自转 公转 倒转 随便怎么转

到处都可感觉至高无上的力量
所有国度所有民族
都可发现共同的人性
莫非只我这一个异类

全都误读了古兰经
若不然常识与智慧便等于零
不让纵欲 不让喝酒
够了 穆斯塔法① 我实在忍无可忍

---

① 穆斯塔法：真主的先知，穆罕默德的别名。

不过,当时有个处女劝我别喝酒了。

"不行啊,天天大白天就喝醉!"

那是酒吧对面一个小香烟铺的十七八岁少女。名叫阿嘉,皮肤白嫩,长着虎牙。我每次去买烟时都笑着劝我。

"为什么不行?为什么不好?有道是,人子哟,喝掉所有的酒!去掉所有的憎恶!古时候波斯的……啊算了。还道是,给你悲伤疲惫的心带来希望的,唯有带来微醉的玉杯。明白?"

"不明白。"

"这小东西,我要吻你!"

"吻吧!"

她大方地递过下嘴唇。

"小傻瓜,贞操观念……"

不过,阿嘉的表情明显有一种未被任何人玷污的味道。

过了年一个寒冷的夜晚,我醉醺醺到香烟铺买烟时,掉进铺前的下水井。我喊道阿嘉救命啊,被阿嘉拉了上来。右臂的伤口由阿嘉处理了。那时的阿嘉恳切而严肃地对我说：

"喝过量了啊！"

我虽然对死不以为然，但对受伤出血成为残疾人坚决拒绝。因此，由阿嘉包扎手臂伤口的时间里，心想酒怕也该适可而止才是。

"不喝了。明天开始滴酒不沾。"

"真的？"

"绝对不喝了。不喝了，阿嘉，当我的媳妇可好？"

其实媳妇这话是开玩笑。

"那还！"

"那还"是"那还用说"的省略。什么"时男"（时髦）什么"时女"（时髦女人），当时流行各种各样的省略语。

"那好，拉钩吧，保准不喝了！"

可是第二天，我还是中午就喝上了。

傍晚，摇摇晃晃出门站在阿嘉铺前。

"阿嘉，对不起，喝酒了！"

"哎呀，讨厌，装什么醉！"

猛然一惊。酒也好像醒了。

"不,是真的,是真喝醉了,不是什么装醉。"

"别拿我开心。坏人!"

阿嘉毫无怀疑之意。

"一看就该知道,今天也从中午就喝了。原谅我!"

"戏演得真像啊!"

"不是演戏,小傻瓜!吻你的哟!"

"吻吧!"

"不,我没有资格,娶你作媳妇也得死了那份心。看我的脸,红红的吧?喝了!"

"那个、那是夕阳照的,骗人可不成。昨天刚刚说好的。不可能喝,拉钩来着!什么喝酒了,骗人,骗人骗人!"

在有些昏暗的店铺里坐着微笑的阿嘉那白净的脸!啊,不知污秽的处女性是何等尊贵!迄今为止,我还从没跟比自己小的年轻处女睡过。结婚!哪怕因此招来巨大的悲哀也无所谓,暴风骤雨般的大欢大乐一生只有一次即可。所谓处女性的美,本以为那是傻瓜诗人自作多情的感伤幻影，不料世上也还是活生生存在的。婚后到了春天，两人骑自行车看青叶瀑布去！我当场下定决心。偷这朵花我没有犹豫不决，即所谓"一剑定乾坤"。

这样，我们很快结婚了。因此得到的欢乐未必大，而后来的悲哀却大得实在超出想象，说凄惨也不足以表达。对我来说，"人世"到底是深不可测的可怕的地方，绝不是可以用"一剑定乾坤"来一举搞定那种容易蒙混的地方。

二

堀木和我。

假如"交友"的状态是一边互相轻蔑一边往来不断并且共同堕落的话，那么我和堀木的关系也恰恰如此。

我靠着京桥那家立饮酒吧的老板娘的侠义心（女人的侠义心——虽然说法奇妙，但根据我的经验，至少就城市男女而言，女人是比男人具有更多的不妨称之为侠义心的精神的。男人大多缩头缩脑，光知道要面子，而且小气），我得以将香烟铺的阿嘉婆为实际上的妻子。我在筑地隅田川附近一座木结构双层出租楼里租了楼下一个房间，两人住了进去。我戒了酒，专心从事差不多成为自己固定职业的漫画工作。晚饭后两人去看电影，回家路上进咖啡馆，还买盆花回来。而更让我开心的，是听打心眼里信赖自己的这个小媳妇的说话、看她的一举一动。看这样子，说不定当下我可以逐渐成为一个像样的人而不至于悲惨死去——就在我胸间开始隐约孵化这甘美的情思时，堀木再次出现在自己眼前。

"嗨，色魔！怎么？多少有一副深明事理的神气了嘛！今天，我可是高圆寺女士派来的特使……"

说到这里，堀木陡然压低声音，用下巴指了指在厨房准备茶水的嘉子那边，问是不是不要紧。

"不要紧，随便你说什么。"我冷静地回答。

嘉子实际上差不多可以说是信赖的天才。同高桥酒吧老板娘之间就不用说了，就连我把自己在镰仓惹起的事件告诉她，她也不怀疑我和恒子的关系。

倒也不是因为她说我会说谎,而是看她那样子一切都当笑话听,哪怕我有时采用露骨的表达方式。

"还是蔫头蔫脑的。倒也没什么大事,只是让我传话希望你偶尔去高圆寺一趟。"

刚开始忘,怪鸟便拍打翅膀飞来,用那尖嘴啄开记忆的伤口。过去耻与罪的记忆倏然历历在目,恨不能哇一声大叫,再也没办法坐住。

"喝?"我说。

"好!"堀木应道。

我和堀木。形体两人相像。有时甚至觉得两人一般模样。当然这仅仅是指一起到处喝便宜酒的时候。反正两人一见面,就眼看着变成同样形状同样毛色的狗在下雪的小巷里跑来蹿去。

自那天以来,我们形同重温旧情,一起去京桥那家小酒吧,最后这两条烂醉的狗竟至跑去高圆寺静子的公寓住了一宿。

绝不会忘。那是个闷热的夏日夜晚。黄昏时分,堀木身穿皱皱巴巴的浴衣来到筑地我的住处,说他今天因为用钱把夏天衣服送进了当铺。若被老母亲知道可就大为不妙,想马上赎回。反正是要借钱。不巧我这里也没钱,就照例吩咐嘉子,让她把她的衣服拿去当铺换钱。借给堀木后还多少剩下一点,就用剩的钱叫嘉子买来烧酒。两人爬上楼顶,对着隅田川不时微微吹来的带有泥腥味的风,摆下脏兮兮的"纳凉宴"。

我们那时开始做猜词游戏,猜喜剧名词、悲剧名词。这是我发明的游戏。名词全都有男性名词、女性名词、中性名词等词性之分。但与此同时,还应有喜剧名词、悲剧名词的区别。例如,火轮和火车都是悲剧名词,而电车和公共汽车则各是喜剧名词。何以如此呢?不懂这个的人不足以谈艺术。在喜剧中夹入一个——哪怕一个——悲剧名词的剧作家,仅此这点就已落第。悲剧情况也是同样。

"注意了,香烟?"我问。

"悲(悲剧之略)。"堀木当即回答。

"药?"

"粉末,还是药丸?"

"注射。"

"悲。"

"是的吗?荷尔蒙注射也是有的……"

"不,绝对是悲。跟你说,针难道不是首当其冲的悲吗?"

"也罢,算我输。不过,你要知道,药和医生,可意外是喜(喜剧)哟!死呢?"

"喜。牧师、和尚亦然。"

"大满贯!那么,生是悲喽?"

"不对。那也是喜。"

"可那一来,什么都成喜了。那么,再问一个。漫画家呢?总不至于说喜了吧?"

"悲、悲,大悲剧名词!"

"什么呀,大悲剧是你本人!"

诙谐到了如此一塌糊涂的地步,无聊倒是无聊,可我俩相当得意:这是世界沙龙也不曾有过的足够机警的游戏。

此外我还发明了一个与此相似的游戏,那就是猜反义词。黑的反(反义词之略)是白。但白的反是红,红的反是黑。

107

"花的反义词?"我问。

堀木撇着嘴角思考:

"这个么,有一家叫花月的餐馆。所以,月!"

"不对,那不成其为反。倒不如说是同义词。星星和紫罗兰不也是同义词吗?不是反。"

"明白了。那个么,是蜂。"

"蜂?"

"对应牡丹的……蚂蚁?"

"什么呀,那是绘画题材。蒙混可不成。"

"明白!花对云团……"

"月亮对云团吧?"

"对了对了,花对风,风!花的反义词是风。"

"不怎么样吧?那岂不成浪花小调的套话?露马脚了!"

"或者。琵琶?"

"更糟!花的反义词嘛……该是这世上最不像花的东西,举那个才是。"

"所以,那……等等。什么呀,女人?"

"顺便问你,女人的同义词?"

"五脏六腑。"

"你啊,看来不懂诗。那么,脏腑的反义词?"

"牛奶。"

"这个倒还可以。趁势再来一个,耻? honte① 的反义词?"

"不知耻。流行漫画家上司几太。"

"堀木正雄呢?"

从这里开始,两人渐渐笑不出了。心情沉闷起来,脑袋里好像充满烧酒醉人特有的那种玻璃碎片。

"别得意!我可没像你那样受过绳绑之辱!"

我心头一震。堀木在内心并没有把自己当一个人看。在他心里,自己只不过是没有死成的、不知耻的、傻乎乎的怪物,是所谓"行尸走肉"罢了。他仅仅为了自己的快乐最大限度利用自己——不过如此的"交友"!想到这里,我到底不快起来。但转念一想,堀木那么看自己也是理所当然。自己从小就似乎是没有做人资格的孩子,即使受堀木的轻

---

① honte:法语词汇,意为羞耻。

蔑怕也无可厚非。

"罪，罪的反义词是什么？这可是个难题！"我装出若无其事的表情说道。

"法律！"

听得堀木这镇定自若的回答，我再次看堀木的脸。在附近楼房霓虹灯闪闪烁烁的红光的照射下，堀木的脸看上去俨然地狱判官一样威严。我惊愕不已。

"罪的反义词，我说，不是那东西吧？"

罪的反义词居然是法律！可世上所有人大概都想得那么简单，那么不当回事。其实，没有刑警的地方才有罪在蠢蠢蠕动。

"那么是什么？神？你身上哪里有一股基督徒的味道，难闻！"

"不要那么轻易定论嘛！两人再想一想。这可是个有趣的课题。对这个的解答，可以从中看出那个人一切的一切。"

"不至于吧……罪的反义词是善，善良的市民。也就是我这样的人。"

"玩笑就免了吧！不过，善是恶的反义词，不是罪的反义词。"

"恶与罪不一样？"

"我想不一样。善恶概念是人制造的。人擅自制造的道德用语。"

"啰嗦！那么，是神？神、神。神肯定没错。肚子瘪喽！"

"嘉子正在下面煮蚕豆。"

"难得，我中意的东西。"堀木双手合在脑后，仰面躺倒。

"你对罪好像完全没有兴趣。"

"那是的，不是你那样的罪人嘛！我就算拈花戏草，可也没把人家弄死或把钱卷走。"

不是弄死的，不是卷钱——我心中某处响起微弱而顽强的抗议声，但马上转念，认为是自己不好，习惯了。

我死活无法做到正面交锋。我拼命克制烧酒的闷醉带来的急速充满火药味儿的心情，几乎自言自语地说道：

"但是,不单单关进牢里是罪。我觉得,只要弄清罪的反义词,好像就能把握罪的实体……神……救赎……爱……光……可是,神有撒旦那个反义词,救赎的反义词大概是苦恼。爱对憎、光对暗,各有其反;善对恶,罪与祈祷、罪与懊悔、罪与告白、罪与……啊,都是同义词。罪的反义词是什么?"

"罪的反义词是蜜,甜如蜜。饿了啊,快把什么吃的拿来嘛!"

"你拿来不就得了!"差不多是生来第一次的剧烈吼声冲口而出。

"好咧,那么,我去下面和嘉子两个犯罪就是。议论不如实地验证。罪的反义词是蜜豆,不,是蚕豆?"

堀木几乎醉得舌头转不过弯了。

"随你的便!你给我滚远点儿!"

"罪与空腹、空腹与蚕豆。不,这是近义词吧?"堀木一边胡言乱语一边爬起。

罪与罚,陀思妥耶夫斯基——二者从脑海一角一闪掠过,我不禁一惊。假如陀思妥耶夫斯基不认为罪与罚是近义词,而作为反义词并列的话?罪与罚是绝对不相通的、冰火不同炉的。将罪与罚作为反义词考虑的陀思妥耶夫斯基笔下的绿水藻、腐臭的水池、乱麻般的心底……啊,明白了!不,还没……正当走马灯在我脑袋里转来转去的时候,堀木的声音传来:

"喂,那是哪家子蚕豆!快来!"

堀木声也变了脸色也变了。本来他刚刚跟跟跄跄爬起下楼,却又马上折了回来。

"什么呀?"

气氛陡然带了凶气。两人从楼顶下到二楼,从二楼再往楼下自己房间下的楼梯上,堀木停住,小声指给我看:

"看!"

自己房间的上端有个小窗,从那里可以看见房间里面。电灯开着,灯光下有两只动物。

我晕晕乎乎地看着。这也是人的形状,也是人的形状,用不着大惊小怪——伴随着急剧的呼吸,我在心里悄声自语，甚至忘了解救嘉子，只顾站在楼梯一动不动。

堀木大声干咳，我独自逃跑似的重新跑上楼顶躺倒，眼望饱含水气的夏日夜空。那时袭击自己的感情，不是愤怒，不是厌恶，也不是悲哀，而是劈头盖脸的恐惧。并且不是对于墓地幽灵之类的恐惧，那或许类似在神社杉树林中碰见白衣神体时感到的古代那种不容分说的暴烈的恐惧感。我的少白头就是从那天夜里开始的。我对一切更加失去了自信，更加无底线地怀疑人。我对人世活动的所怀有期待、欢欣、共鸣等等永远离我而去。那实在是自己一生中的决定性事件。我被迎面劈开眉间。自那以来，无论接近什么人，那伤口都在作痛。

"我表示同情，但你这回怕也多少醒悟了。我再不会来这里了。简直是地狱……不过，你要原谅嘉子。毕竟你也不是正经家伙。告辞。"

堀木这人不迟钝，不至于在尴尬地方久留。

我爬起身，一个人喝烧酒。然后嗷嗷放声痛哭。怎么哭、怎么哭都哭不够。

不知什么时候,背后嘉子端着满满装有蚕豆的盘子呆呆站着不动。

"他本来说什么都不做的……"

"好了,什么都别说了。你不知道怀疑人,坐下,吃蚕豆吧!"

两人并坐吃蚕豆。啊,信赖是罪?那个男的是个三十左右、无知无识的小个头商人,让我画漫画,自以为豪爽地放下几个小钱。

那个商人后来到底再没出现。作为我,较之对那个商人的憎恶,憎恶和恼怒的更是堀木——最先发现的他,那时也不大声咳嗽一声,而直接折回楼顶告诉自己。这使得我在失眠的夜晚心头火起,呻吟不止。

无所谓原谅不原谅。嘉子是信赖的天才,不知怀疑人。可是,因此招致悲惨。

问神吧,信赖是罪不成?

同嘉子被玷污一事相比,对我来说,嘉子的信赖被玷污后来久久成了几乎让我活不下去的苦恼起因。畏畏缩缩战战兢兢、只知道窥看别人脸色、相信人的能力早已出现裂痕——对于我这样的人来说，嘉子那纯净无瑕的信赖之心恰如青叶瀑布一样让我觉得神清气爽。而那一夜之间就变成了黄色的污水。看呀，自那夜以来，嘉子对自己的一颦一笑都开始放在心上。

"喂！"

仅此一声，都吓得她打个寒战，眼睛都好像不知往哪里看。无论我怎样挑逗、怎样搞笑，她都凄凄惶惶、战战兢兢，一味对自己使用敬语。

纯净的信赖之心，莫非真是罪之源泉？

我这本那本找来很多有夫之妇被强暴的故事看。可是，所受强暴方式像嘉子那样的悲惨的，我想一个也没有。说到底，这根本不成为故事。假如那个小个头商人同嘉子之间多少有一点儿类似恋情那样的感情的话，说不定我的心情反而得以获救。然而，在那夏夜，嘉子只是信赖对方，如此而已。而自己却因此而被迎面劈开眉间，声音嘶哑，开始有了少白头。嘉子则不得不一辈子惶惶不可终日。大部分故事都似乎把重点放在丈夫原谅不原谅妻子的"行为"上。但对我来说,那好像不是多么痛苦的大问题。莫非保留原谅与否那种权利的丈夫才成其为幸?如果认为横竖原谅不得,那么也不必大吵大闹。痛痛快快与妻子离婚,再娶新妻如何?倘若做不到——我甚至觉得——那么就"原谅"忍受好了。总之不管怎样,仅凭丈夫一己的心情即可一了百了。也就是说,就算那样的事件对丈夫的确是个大大的打击,那也只是一次性打击,而同无休无止去而复来的波浪不同,似乎是可以通过有权的丈夫的怒气而随便处理的纠纷。可我们两个呢,丈夫没有任何权利,越想越觉得是自己不好。漫说发怒,抱怨都没有一句。况且,妻子是因其具有的少见的美好品质而被玷污的。而那美好品质又是丈夫一向憧憬的纯净的信赖之心那一值得无比怜惜的东西。

纯净的信赖之心莫不是罪?

我甚至对唯一指望的美好品质都开始抱以怀疑,所有一切都变得莫名其妙。势之所趋,只有找酒精了。我脸上的表情变得猥琐不堪,一大早就开始喝酒,牙齿七零八落,漫画也差不多完全近乎色情画了。不,清楚说来,那时我已开始临摹春宫画偷偷卖钱了。我需要买烧酒的钱。看见嘉子总是把视线避开我惶惶不安,我起了这样的疑心:这家伙全然不知提防,因此和那个商人怕是不止一次吧?还有,堀木呢?或者同自己不认识的人?虽有疑心,可我又不具有断然追问的勇气,而在以往那种不安与恐怖深渊的痛苦挣扎中一味喝烧酒。喝醉了就把心提到嗓子眼,稍稍尝试一下低三下四的诱导式审问。内心愚不可及地一喜一忧,表面只管胡乱地做戏搞笑。而后对嘉子来一阵极其不堪的爱抚,烂泥一般昏睡过去。

那个年末,我深夜喝得大醉回来,想喝糖水。看样子嘉子已经睡了,我就去厨房找糖罐。开盖一看,什么砂糖也没有,而有一个黑乎乎的狭长的纸盒。我漫不经心地拿在手里,一看盒上贴的标签,我吃了一惊。虽然标签已被指甲撕去一多半,但洋文部分剩了下来,上面清楚写道:DIAL。

安眠药。当时全靠烧酒,没用安眠药。不过失眠像是我的老毛病,一般安眠药都熟悉。这一盒

DIAL，应该比致死量还多。盒还没有开封，但无疑是打算迟早使用而撕掉标签藏在这样的地方的。可怜！那孩子不认得标签上的洋文，便以为用指甲撕去一半就不要紧了。（你没有罪）

我蹑手蹑脚地往杯里偷偷倒满水。然后慢慢开封，一粒不剩地一下子抛进口腔，不慌不忙地喝干杯里的水，关掉电灯，直接躺下。

听说我三天三夜像死了似的。医生看作过失，暂且没有报警。开始觉醒时，听说最先小声出口的梦呓是"回家"。到底家指的是哪里，连当事人我自己也不清楚。反正据说那么说完就哭得不成样子。

雾渐渐散去。一看，枕边坐着满脸不快的比目鱼。

"上次也是年末的事，都忙得天旋地转。可他总挑年底弄这种事，我的命也保不住了。"

听比目鱼说话的，是京桥酒吧的老板娘。

"老板娘！"我叫了一声。

"唔，嗯？清醒了？"老板娘把笑脸压在自己脸上似的说。

我眼泪一滴接一滴流了出来。

"让我和嘉子分开!"自己也意想不到的话说出口来。

老板娘欠起身,微微叹了口气。

接着,我又说了一句完全意想不到的话,不知是滑稽还是发傻,很难形容:

"我去没有女人的地方!"

比目鱼首先哈哈放声大笑。老板娘也哧哧笑出声来。我也流着泪苦笑,满脸通红。

"唔,那样好。"比目鱼一个劲儿放肆地笑个不停,"还是去没有女人的地方好。有女人是不好办。去没有女人的地方——好主意!"

没有女人的地方。但是,我这句傻里傻气的胡话,到了后来,以非常凄惨的形式实现了。

嘉子似乎认定我是作为她的替身喝药的,在我面前比以前更加惶惶不安了。我说什么她都不笑,也不好好开口说话了。这个样子,使得我待在房间里也感到郁闷,情不自禁跑去外面,照样灌便宜酒。但是,自安眠药事件以来,我的身体眼看着消瘦下去，四肢乏力，漫画也懒得画了。比目鱼那时作为"探望金"放下一笔钱（比目鱼说是他的心意，俨然从他自己身上拿出来的。其实这也好像是老家哥哥们的钱。当时自己也和从比目鱼家逃出时不同，能够隐隐看出比目鱼装腔作势的把戏了。所以我也狡黠地做出浑然不觉的样子，郑重其事就那笔钱向比目鱼致谢。可另一方面，比目鱼他们何苦搞这麻麻烦烦的名堂呢？我心里觉得怪怪的，既像明白，又像不明白）。我一咬牙用那笔钱一个人去南伊豆的温泉看看转转。但我的状态根本不容我悠悠然转什么温泉。想到嘉子，我实在孤寂得不行，心情远远没有沉静得能够从旅馆房间眺望山景。我一没有换睡袍，二没有泡温泉，蹿出去在脏兮兮的酒馆那样的地方东跑西跳喝烧酒，那才叫泡在酒里一般大喝特喝。只落得身体更糟地返回东京。

　　一个东京下大雪的夜晚。喝醉的我在东京银座街头一边自言自语似的小声反复哼唱"这里离故乡几百里、这里离故乡几百里"，一边用脚尖踢开仍不断有雪花落下的积雪。忽然吐了。那是我第一次咯血。雪上出现一个大大的日丸旗。我蹲了一会儿。之后双手捧起没有血污地方的雪,边洗脸边哭。

　　这里是哪里的小路?
　　这里是哪里的小路?

　　哀婉的童女歌声如幻听一般从远方隐约传来。不幸。即便说这世上有各种各样不幸的人,不,即使说全都是不幸的人恐怕也不为过。可是,那些人的不幸可以用来向人世提出堂堂正正的抗议,而"人世"也容易理解和同情那些人的不幸。但自己的不幸统统属于自己的罪恶,向谁也抗议不得。而若嗫嚅着哪怕说出一句有抗议意味的话,那么不仅比目鱼,人世所有人都必定目瞪口呆地说"你居然好意思那么说!"而自己也不明白自己究竟是通常所说的"固执任性"还是相反"软弱可欺"。不过反正像是罪恶的集合体,只能永无休止地迅速不幸下去,没有具体的阻止对策。
　　我站起身,打算姑且买点儿合适的药。当我走进近处的药店同站在那里的老板太太四目相对那一瞬间，老板太太像被闪光灯照了一下似的抬起头，瞪圆眼睛，像木棍一样呆立不动。可是，那瞪圆的眼睛里没有惊愕之色也没有嫌恶之色，流露出的几乎是既像求救又像倾慕的神色。啊，此人也一定是个不幸的人。因为不幸的人对不幸的人很敏感。我正这么想着，忽然发觉药店的太太拄着拐杖勉勉强强站在那里。我克制住恨不得跑过去的冲动，仍和太太面面相觑。相觑之间，眼泪流了出来。随即，对方的大眼睛里也有泪珠涟涟而下。

　　我就那样一句话也没说就走出了药房，踉踉跄跄返回住处，让嘉子做盐水喝了，默默躺下。第二天也躺着，说有点儿感冒，躺了一整天。到了夜晚，自己隐瞒的咯血实在太让我不安了，起身走去那家药房。这回笑着向药店的太太老老实实坦白了自己至今的身体情况，和她商量。

　　"酒不戒掉是不行的。"

　　两人就像骨肉至亲似的。

　　"可能是酒精中毒了，现在都想喝。"

"不能喝了。我丈夫也是，肺结核，却说什么用酒杀菌，简直泡在酒里，自行缩短了寿命。"

"心里不安得不得了。害怕，怕得不行。"

"给你拿药。酒务必戒掉。"

太太（未亡人。有一个男孩，进了千叶或哪里的医科大学，不久得了和父亲同样的病，正在休学住院。家中躺着中风的公公。太太本人五岁那年因患小儿麻痹症，一条腿完全不顶用了）"啴啴"挂着拐杖，从那个货架这个抽屉里为我凑齐各种药品。

这是造血剂。

这是维生素注射液。注射器么，这个。

这是钙片。这叫淀粉酶，保护肠胃。

太太怀着爱心向我介绍了五六种药：这是什么、这是什么。可是，对于我，这位不幸太太的爱心也过于深了。最后，太太说这是实在想喝酒想得受不了时的药。说着迅速递给一个用纸包着的小盒。

吗啡注射液。

太太说害处没有酒大，我也信了。加上一来正是我觉得醉酒到底不洁净的时候，二来又可以久违地体味逃离酒精这个撒旦的欢欣,于是毫不迟疑地自己往自己手臂上打了吗啡。不安也好焦躁也好羞赧也好,统统不翼而飞,自己成了神采飞扬的雄辩家。而且,打完之后,身体的衰弱也忘了,画漫画也来劲儿了,画得妙趣横生,几乎边画边自己笑出声来。

原打算一天一支,后来变成两支。到变成四支的时候,我已经离开它就没法工作了。

"不行啊!上瘾了,那可不得了的!"

经药店的太太那么一说,我开始觉得自己已经成了相当严重的瘾君子(我非常容易受别人暗示的影响。就算不让我花那笔钱,而若又说那毕竟是你的事,我就产生一种奇怪的错觉,觉得不花对不起人家,结果必定很快花掉)。而对于中毒的不安,反而使得我需求更多的毒品。

"求你了!再来一盒,账肯定月底还清。"

"账那玩意儿,什么时候都没关系。问题是警察那边麻烦。"

啊,自己周围,好像总是有浑浊、黑暗、形迹可疑、见不得阳光的东西如影随形。

"那方面就请你想法遮掩了,拜托了,太太!给你一个吻!"

太太红了脸。

我越来越得寸进尺:

"没药,工作寸步难行。那东西对我好像是壮阳药。"

"那么,干脆打荷尔蒙好了。"

"别拿我开心。酒,或者那种药,两个少一个就工作不了。"

"酒不行。"

"是吧?我嘛,用了那药之后,一滴酒也没喝过。结果,身体情况好得很。我也不打算老画那些一塌糊涂的漫画,往下戒酒,养好身体,用用功,一定能成为了不起的画家。眼下正是关键时候。嗳,求你了,吻一下!"

太太笑了起来:

"伤脑筋啊,上瘾我可不管哟!"

说着,太太"嗵嗵"挂着拐棍,从货架中取出药品。

"一盒不能给的,给了一下子就用光了。一半吧!"

"小气!也罢,算了。"

回到家,迫不及待地打上一针。

"不痛吗?"嘉子战战兢兢地问。

"痛是痛的。不过,为了提高工作效率,不愿意也非用这个不可。近来我精神得很吧?好了,工作、工作、工作!"我撒起欢儿来。

有时甚至深夜敲药店的门。太太一身睡衣"橐橐"挂着拐杖出来。我猛地扑上去吻一口,做出哭相。

太太默默递过一盒。

毒品和烧酒同样,不,比烧酒还要卑劣和污秽——及至真正觉悟之时,我已经成了彻头彻尾的瘾君子。简直无耻到了极点。为了得到那种药物,我重新开始临摹春宫画,甚至同药店的残疾太太有了春宫画上的丑陋关系。

想死,一死了之!已经无可救药了。无论做怎样的事、无论做什么都是徒劳，只能耻上加耻。骑自行车游青叶瀑布对我已无从谈起。我身上只是污秽的罪加卑鄙的罪，苦恼有增无已。想死，必须死。活着是罪恶之源——虽然我已一门心思想到这个地步，但还是以半疯模样在住处与药店之间来来去去。

由于药物用量随之增多，再工作钱也不够，欠的药费已达到惊人的额度。太太一见我就眼泪汪汪。我也流下泪来。

地狱。

我决定采取逃离地狱的最后手段。这个失败了，往下只有上吊自尽——我以相信神之存在那样的决心给老家的父亲写了一封长信，把自己的实际情况（女人的事到底没敢写）一五一十坦白一遍。

但结果更糟，左等右盼也毫无回音。由于焦躁和不安，药量反而增加了。

今天一气注射十支，然后跳进大河——就在我悄然这么下定决心那天的下午，比目鱼好像用恶魔的直觉嗅了出来，领着堀木出现了。

"你、听说你咯血了。"

堀木在我的前面盘腿说着，现出过去从没有过的友善的微笑。那友善的微笑让我感激和高兴，不由得背过脸去掉下眼泪。这么着，我被他那友善的微笑——仅仅一个微笑——彻底打翻、葬送了。

我被送上汽车。比目鱼也以凄婉的语调（语调是那般沉静，简直可以形容为大慈大悲）劝我住院："反正住院再说，下面的事交给我们好了！"我就像一个没有意志没有判断力什么也没有的人，只是抽抽搭搭唯唯诺诺对两人言听计从。加上嘉子，我们四个人在汽车上摇晃了很长时间。当四周有些昏暗的时候，到达树林中一家大医院的大门口。

我以为是一家疗养院。

我接受一位年轻医师不无过分的温柔而郑重的诊断。之后，医师腼腆似的笑着说：

"啊，先在这里静养一段时间，嗯？"

比目鱼、堀木和嘉子准备把我一个人留下回去。嘉子把包有替换衣服的包袱交给我，又默默从和服腰带间把注射器和用剩下的药物递过来。莫非她仍以为是强壮剂？

"不，不要了。"

这实在是稀罕事。被劝而予以拒绝，在我迄今为止的人生中，说仅此一次也不过分。我的不幸，是没有拒绝能力之人的不幸。以为拒绝别人的劝说会在对方心里和自己心里留下永远无法修复的苍白的裂痕——我始终被这样的恐惧弄得提心吊胆。然而，自己那时十分自然地拒绝了使得自己几乎发狂般追求的吗啡。是被嘉子所谓"神一般的无智"所打动了不成？那一瞬间，我大概不再是瘾君子了。

不料，我很快由那位面带腼腆似的微笑的年轻医师带领着进入一栋病房楼，被"咔嚓"一声锁在里面。精神病医院！

去没有女人的地方那句喝安眠药时自己说的胡话，分外离奇地变为现实。那栋病房楼里清一色是男性狂人，护士也是男性。女人一个也没有。

现在，我已经无所谓罪人，而是狂人了。不，我绝对没发什么狂。没有发过狂，哪怕一瞬之间。可是，据说狂人一般都这么说自己。换言之，情况似乎是，被关进这家医院的人是狂人，没被关进的人是正常人。

问神：不抵抗莫非罪过？

堀木那不可思议的美丽微笑使得自己哭了，忘了判断忘了抵抗，坐上汽车被领到这里，被当成了狂人。即便从这里出去，自己的额头仍被烙上狂人，不，废人的烙印。

人的失格。

我已完全不再是人了。

来这里是初夏时节，透过铁格窗，可以看见医院的院子小池塘开的红色睡莲花。此后过了三个月，院里大波斯菊开始开了。这时，想不到老家的长兄领着比目鱼接自己来了。长兄以往日那种一本正经而有些紧张的语调对我说："父亲上个月底因胃溃疡去世了。我们不再问你的过去，不打算让你担忧生活，可以什么都不做。只要求你离开可能有种种不舍的东京，开始在乡下过疗养生活。你在东京惹出的事情，涩田会大体做善后处理的，不必放在心上。"

故乡的山河仿佛就在目前，我微微点头。

废人一个。

得知父亲死了，我更加颓废不堪。父亲已经没了，一刻也不曾从胸间离开的那可亲而又可怕的存在已经不在，我感到自己的苦恼之壶整个空了。甚至感到自己的苦恼之壶之所以分外沉重，恐怕也是由于父亲的关系。我彻底心灰意冷，连苦恼的能力也失去了。

长兄准确履行了对我的承诺。我从自己生身的小镇乘火车南下四五个小时的地方，其东北方向有个很少有的温暖的海边温泉，村头有座茅草房。虽然间数有五间，但看上去相当破旧，墙皮剥落，立柱被虫咬了，几乎无法维修——长兄买下给我，配了一个近六十岁的红头发丑陋女佣。

此后三年多一点时间里。我被这个叫阿铁的老女佣以奇异的方式强暴了几次，加之不时像夫妇吵架一样争吵，肺病好好坏坏，时瘦时胖，还时有血痰。昨天打发阿铁去村里的药店买卡尔莫钦，买回来的跟平时的盒子形状不一样。而我也没怎么注意，睡前吃十片也全然没有睡意，心里觉得纳闷儿。如此时间里,肚子里不妙起来,赶紧去厕所。结果拉起了好厉害的痢疾,拉完又接连去了三次厕所。实在太让人诧异了,一看药盒,原来是叫黑尔莫钦的泻药。

我仰面躺倒,肚皮上放了个热水袋,打算说说阿铁:

"跟你说,这个不是卡尔莫钦,叫黑尔莫钦。"

说到这里,咻咻笑了起来。"废人",这个像是喜剧名词。想睡觉喝了泻药,况且泻药的名字叫黑尔莫钦。

现在,我没有幸福也没有不幸。

一切都将过去。

在这个迄今我作为"阿鼻叫唤"置身活着的"人"的世界,我唯一觉得似乎是真理的,仅此而已。

一切都将过去。

我今年将满二十七岁。白发明显增多,一般人看我已不止四十。

后记

　　写下这手札的狂人,我不直接认识。不过,手札中出现的仿佛京桥那家立饮酒吧老板娘的人,我略知一二。小个头,脸色不大好,眼角细细地上翘,高鼻梁,感觉严肃。与其说是美女,莫如说是美男。手札中描写的似乎主要是昭和五年、六、七年①那个年间东京的情形。我跟朋友去过两三次京桥那家立饮酒吧喝加苏打和冰块的威士忌。那是人所共知日本"军部"开始飞扬跋扈的昭和十年前后的事。所以不可能见到写这手札的男子。

　　今年二月我去找疏散到千叶县船桥市的朋友。那个朋友是我大学时代的所谓校友,如今当一所女子大学的讲师。其实,我曾托这个朋友为我一个亲

---

① 1930年、1931年、1932年。

戚介绍结婚对象——这件事，加上想顺便买点儿什么当地海鲜给家人尝尝，就背起背囊去了船桥市。

船桥市是个面临泥海的大市，相当够规模。朋友是新居民，打听当地人即使告以门牌号码，也总是打听不出来。冷，加上背着背囊的肩痛，我便在唱片提琴声的吸引下，推开一家咖啡馆的门。

觉得老板娘面熟。一问，正是十年前那家小酒吧的老板娘。看样子老板娘也当即想起我，相互夸张地惊讶着、笑着，接下去问也没问那种时候非问不可的那场空袭大火中的经历，只管自鸣得意地聊了起来。

"不过你可是没变啊！"

"哪里，老太婆了，身体吱扭作响喽！你才年轻啊！"

"哪里还年轻！孩子都有三个了。今天是出来为他们买东西的。"

这也算是久别重逢之人相互间的习惯性问候。随后互相问了共同的熟人后来的情况。问着问着，老板娘忽然换了语调，问我知不知道阿叶。我答说不知道。老板娘马上去里面拿来三本笔记本和三张照片，交到我手里。

"或许能成为小说素材吧。"她说。

我这个人生来没法用别人塞给的素材写东西，就想当场还给她。但那照片（关于三张照片的奇异性，"开头的话"也已写了）吸引住了，暂且把笔记本留下，说自己回去时还来这里。又问她是否知道某某町某某番地的某某、当女子大学老师的人。到底同是新居民，答说知道，偶尔还来这咖啡馆，住址就在附近。

那天夜里我和朋友喝了一点点酒，决定住下，入迷地看那笔记本，一觉没睡地看到早上。

手札中写的诚然是过去的事，但现代人读了，也一定会有相当不小的兴趣。我觉得，较之我笨拙地动笔修改，莫如求哪家杂志社照样刊发出来更有意义。

给孩子买的当地海产品，只有鱼干。我背着背囊告辞朋友，顺路走进那家咖啡馆。

"昨天谢谢了。对了……"我开口道，"这笔记本,能借我一段时间吗?"

"嗯,好的。"

"这人还活着?"

"这——,音讯全无。大约十年前往京桥酒吧那里寄来了这笔记本和照片包裹。寄出人定是阿叶无疑,但包裹上没写阿叶的地址,连姓名都没写。说来也是奇事,空袭时候混在别的东西里留了下来。最近我才全部看了……"

"哭了?"

"没有,与其说是哭……完了,人成了那样子,就完了啊!"

"那以来十年了,就是说,怕是已经不在人世了。这大概是向你表示感谢寄来的吧?倒是有写得夸张的地方,不过你也好像的确受了不少拖累。如果全都实有其事,而且我是那人的朋友,说不定也还是想把他领去精神病院。"

"那人的父亲不好。"她顺口那样说道,"我们知道的阿叶非常正直、机灵。只要不喝酒,不,就算喝酒……也是个菩萨般的好孩子!"

图书在版编目（CIP）数据

人的失格 /（日）太宰治著；林少华译 . —青岛：
青岛出版社 , 2017.6
ISBN 978-7-5552-5611-3

Ⅰ. ①人… Ⅱ. ①太… ②林… Ⅲ. ①中篇小说 – 日本 – 现代
Ⅳ. ① I313.45

中国版本图书馆 CIP 数据核字（2017）第 141173 号

书　　名	REN DE SHIGE（QINGNIAO WENKU）人的失格（青鸟文库）	
著　　者	［日］太宰治	
译　　者	林少华	
出版发行	青岛出版社	
社　　址	青岛市崂山区海尔路 182 号（266061）	
本社网址	http://www.qdpub.com	
邮购电话	0532-68068091	
策　　划	杨成舜	
责任编辑	霍芳芳	
封面设计	毛　增	
照　　排	青岛双星华信印刷有限公司	
印　　刷	青岛双星华信印刷有限公司	
出版日期	2018 年 1 月第 1 版　2023 年 4 月第 6 次印刷	
开　　本	32 开（710mm × 1000mm）	
印　　张	4.875	
字　　数	70 千	
印　　数	23001—28000	
书　　号	ISBN 978-7-5552-5611-3	
定　　价	20.00 元	

编校印装质量、盗版监督服务电话：4006532017　0532-68068050
本书建议陈列类别：日本 / 文学 / 畅销